Zweifarbig – Eine mystische Reise

von Lara Lotz 2020

Zweifarbig – Ein Fantasy-Roman – von Lara Lotz

LARA LOTZ

Zweifarbig
EINE MYSTISCHE REISE

| IMPRESSUM

Zweifarbig – Eine mystische Reise – Fantasy Roman
von Lara Lotz

Bibliografische Information der Deutschen Nationalbibliothek: Die Deutsche Nationalbibliothek verzeichnet diese Publikation in der Deutschen Nationalbibliografie; detaillierte bibliografische Daten sind im Internet über dnb.d-nb.de abrufbar.

Gestaltung, Satz und Illustration: Dominik Eder
Druck und Bindung: Twentysix GmbH

TWENTYSIX
Eine Marke der Books on Demand GmbH

© 2021 Lara Lotz

Herstellung und Verlag:
BoD – Books on Demand, Norderstedt

ISBN: 9783740781859

Lara Lotz

Kurzvita

Die junge Autorin Lara Lotz, Jahrgang 2002, lebt allein in Spital am Pyhrn und arbeitet in einer regionalen Apotheke. Sie ist gelernte Drogistin und macht nebenbei die Abend Matura, da sie noch größere Pläne hat.

Ihre Leidenschaft für das Schreiben hat sie schon in der Hauptschule bemerkt, die Idee ein Buch zu schreiben kam ihr vor rund zwei Jahren und Anfang 2020 hat sie sich endlich getraut es zu wagen. Nebenbei hat sie eine künstlerische Ader, spielt hobbymäßig Geige und ist eine begeisterte Sportlerin.

In ihrem ersten Schriftstück „Zweifarbig-eine mystische Reise" widerspiegelt sie ihre Leidenschaft zum Reisen und ihre groß blühende Fantasie.

| INHALTSVERZEICHNIS   Seite

Bella-1   8
Anreise nach Finnland-2   12
Helsinki-3   20
Robin-4   23
Die Skidoo-Tour-5   26
Der letzte Tag in Finnland-6   31
Die Abreise-7   33
Der Flug nach Alaska-8   36
Romantischer Abend-9   40
Der erste Tag-10   43
Die Ruine-11   50
Der Wald der Klänge-12   56
Die Höhle-13   59
Eingesperrt-14   67
Fata Morgana-15   81
Der Bach der Sünden-16   88
Ein weiter Weg-17   92
Die Unterwelt-18   101
Noch immer gefangen-19   108

Das Portal-20	112
Wieder im Lande-21	118
Zuversicht-22	122
Den Moment genießen-23	127
Warten-24	130
Die Abreise-25	135
Zurück in Alaska-26	140
Die Reise nach Österreich-27	143
Ein fataler Absturz-28	146
Lebt Robin weiter?-29	152
Die Malerin-30	159
Unerwartet-31	162
Das mystische Mädchen-32	164
Notfall-ein wiederkehrender Schock-33	167
Eine schicksalhafte Wendug-34	171
Erneuter Tiefschlag-35	174
Im Shoppingcenter-36	178
Das Abenteuer neigt sich dem Ende zu-37	181
Am Flughafen-38	184
Endspurt-39	187
Nach drei vergangenen Jahren-40	191

Zweifarbig

DIE MYSTISCHE REISE

Bella – 1

Hallo, mein Name ist Bella. Bella Hedrick. Ich bin eine starke, zielstrebige Frau und begeistere die Menschen Tag für Tag mit den Geschichten meiner Erlebnisse. Mit meinen Reisen. Mit meiner Ehrlichkeit und nicht zu vergessen, mit den paranormalen Dingen, denen ich ständig begegne, später mehr dazu.
Ich habe dunkel braunes, lockiges Haar, welches mir bis zu den Hüften reicht. Meine Haut ist so blass wie Schnee, man könnte meinen ich bin Schneewittchen. Eisblaue Augen strahlen aus meinem Gesicht, das Besondere aber ist, mein linkes Auge ist halb braun. Mein heller Teint ist auf der Nase und auf den Wangen von zarten Sommersprossen erfüllt. Ein Lächeln von mir, sagen die Leute, ist unvergesslich wegen meinen strahlend weißen Zähnen, meiner prachtvollen Lippe und den süßen Grübchen, ohne zu übertreiben. Ich bin eher eine kleine Person mit einem zierlichen Körper. Meine Berufung ist es zu Reisen und zu Begeistern. Ich bin 23 Jahre jung und bin bereits seit vier Jahren im Journalismus tätig. Mein Beruf ist echt super, natürlich trotzdem harte Arbeit. Es ist nichts für schwache Nerven, aber meine Wenigkeit hält es prima aus. In einer Woche habe ich eine Reise in den Norden, nach Finnland, geplant. Dort werde ich viel wandern bei eisiger Kälte, da ja momentan Winter ist und es sehr kühl werden kann. Meine Reportage handelt vermutlich über die Landschaft, Menschen, Urlaubsleben

und auch paranormale Sachen. Hoffentlich. Diese unglaublichen Dinge haben mich erst so bekannt gemacht, dadurch bin ich sehr weit nach vorne in meinem Bereich gekommen. Niemand sonst in meiner Firma hat es so weit gebracht, protzt mein Chef voller Stolz über mich namens Michael Flöur. Nur deshalb finanziert mir die Firma so viele Reisen, weil alle wissen, wie viel Geld es einbringt. Es macht mir unglaublich Spaß und ich könnte mir kein anderes Leben mehr vorstellen. Ich muss mich selbst loben, dass ich meinen Job so gut mache, wobei immer etwas Glück gebraucht wird, zumindest für diese schrägen Dinge.

Ich freue mich schon so auf diese Reise, auch wenn ich es wärmer lieber mag. Dicke Daunenjacke, Handschuhe mit Wolle ausgefüllt, eine stark gefütterte Skihose, bepelzte Schuhe und noch vieles mehr muss ich mir besorgen oder ausleihen, da für die kalte Jahreszeit in Österreich bei Weitem nicht so viel gebraucht wird, da die Temperaturen ganz anders sind. Vermutlich genieße ich die Zeit dort oben für nicht ganz drei Wochen bei einer freundlichen Gastfamilie. Zum Glück sprechen sie auch Englisch, denn Finnisch ist sehr schwer zu erlernen. Meine Reiseziele, Touren und anderes muss ich noch planen, das ist mir alles selbst überlassen, da Michael weiß, dass er mir vertrauen kann und ganz ehrlich weiß er auch nichts über das Land und er ist außerdem auch noch unfassbar ahnungslos über meine Fantasiewelt. Niemand. Wirklich niemand den ich kenne, kennt meine Welt, alles scheint für sie so unwirklich, doch die Fotos, die ich mitbringe und meine begeisterten Erzählungen, die sie hören, sind so echt, fast keiner bezweifelt mich. Es macht mich wirklich stolz, ich bin meiner Firma so dankbar, wobei ich mir auch selbst danken muss.

Bald muss ich mich an den Computer setzen und Finnland etwas genauer unter die Lupe nehmen, aber eines weiß ich sicher, das Hotel aus Eis muss ich mir ansehen. In Schweden in Jukkasjärvi im Eishotel war ich auch schon und es war zauberhaft, jedoch muss ich zugeben, eine Nacht dort zu verbringen ist sehr teuer, natürlich zu teuer für die Menschen mit sagen wir mal einem „normalen" Gehalt, für mich ist es einfach. Auch an jenem Ort unter den Eisdächern habe ich unnormales erlebt, beim Eintreten in mein Zimmer hat plötzlich wie aus dem Nichts alles zu beben begonnen, es wurde finster und es herrschte Stille. Toten Stille. Dann kam ein seltsames Surren. Erneut Stille. Gespenstische Stille. Im nächsten Moment wurde alles erleuchtet. Tausend schöne Polarlichter in blau-grünen und rot-violetten Tönen. Das war für mich die Chance für einen hammermäßigen Artikel. Sofort habe ich meine Kamera ausgepackt und jede Ecke fotografiert. Es war ein Traum der Wirklichkeit. So etwas erlebe ich ständig, wieso weiß ich selbst nicht ganz, aber irgendwann komme ich schon drauf. Für alle anderen sollte es immer ein Geheimnis bleiben, denn das könnte meinen Erfolg kosten, das wäre schade. Nun werde ich erst mal schlafen gehen.

Guten Morgen Welt. Guten Morgen Motivation, um alles für das kalte Land vorzubereiten. Als erstes gebe ich „beliebte Reiseziele Finnlands" ein. Da haben wir schon was. Mit Sicherheit fahre ich in die Hauptstadt Helsinki, da lasse ich mal alles auf mich wirken und reise dann weiter ins Lappland, ins „Land der Bären", hier passieren sicher coole Dinge. Anschließend verschlägt mich mein Herz in den „Nationalpark Koli", wo ich ausgezeichnet Langlaufen kann. Die Burg Olavinlinna in Savonlinna muss ich auch betreten, hier wird es rund gehen in meiner Welt. Viel mehr möchte ich gar nicht vorher wissen, da ich ein spontaner Mensch bin, doch irgendetwas muss ich meinem Chef vorlegen. Ach ja, fast hätte ich es vergessen, das Eishotel muss ich auch noch einplanen. Ich freue mich darauf.

Vor jeder Reise bin ich ein klein wenig aufgeregt, da ich nie zu einhundert Prozent weiß was passiert, was und wem ich begegne und noch viel wichtiger: Was gefällt Michael? Bis jetzt habe ich ihn noch nicht enttäuscht, Gott sei Dank.

Ein paar Tage noch und schon sitze ich im Flieger.

Anreise nach Finnland – 2

Heute ist es endlich so weit. Meine Freude ist riesengroß, ich kann es kaum erwarten. Was wird mich erwarten?
Mit meinem Audi R8 in matt schwarz, mit seinen lässigen blauen Felgen, fahre ich noch ungefähr eine Stunde bis zum Flughafen in Salzburg. Dort gönne ich mir erstmal ein Croissant mit Schokolade, da gibt es die besten. Ich starte meine Reisen so gut wie immer von Salzburg weg, hier gefällt es mir gut, nicht zu klein und nicht zu groß, dass man sich verirren könnte und der Preis ist schließlich egal, weil meine Firma und ich viel Geld haben, haha! Das ist echt praktisch, aber angeben möchte ich auch nicht, auch wenn mein Auto zum Beispiel sehr extravagant ist und mein Budget da wirklich nicht zu übersehen wäre. Jeder sollte stolz sein auf sich, egal ob man viel oder wenig hat. Es ist mir komplett egal was die Leute über mich denken, schimpfen, schreiben oder sonst was, viele finden mich ausgezeichnet, weil ihnen meine Artikel gefallen und ich wirklich nicht arrogant bin, wenn man mich kennt.
Jetzt ist sind nur mehr eine 30 Minuten bis zum Flughafen und erst in drei Stunden fliegt mein Flugzeug los, aber lieber zu früh als zu spät.
 In meinem Handgepäck befinden sich meine Geldbörse, mein Iphone X, der Notizblock für die späteren Berichte, die beste Kamera die ich habe und sowieso mein Reisepass und das Ticket. Mein pinker, großer Koffer wurde auch gut bestückt mit den warmen Klamotten, einem Ski Helm, Schuhe, und einiges mehr, am wichtigsten ist mein Laptop zum Schreiben und auch zum Videochatten mit Michael, er möchte immer am Laufenden gehalten werden.
So in zehn Minuten bin ich da, ich bin leicht nervös aber voller Vorfreude.
Angekommen am Flughafen, werde ich jetzt so schnell wie möglich mein rosarotes Reisegepäck los, damit ich dann noch frühstücken kann, es ist ja erst 8:00 Uhr. Hoffentlich gibt es was Leckeres. Wie wär's mit

Ham & Eggs? Ach, würde mir das schmecken. Da bin ich auch schon bei der Kofferabgabe angekommen. Glücklicherweise stehen nicht viele Leute vor mir, nur ein junges Pärchen. Sie trägt eine rote, lange Jacke mit schwarzen Details und dazu schwarze, elegante Stiefel. Sie ist meiner Meinung nach eine große, hübsche Frau und wirkt sehr nett mit ihren blonden, schulterlangen Haaren. Ihr Freund oder Mann steht mit der Hand um ihre Hüfte neben ihr auf der linken Seite und trägt hauptsächlich schwarze, graue Töne, das einzig bunte ist seine stechend rote Haube, passend zu dem Anorak seiner Rechten. Die zwei sehen echt bezaubernd aus. Laut Dialekt kommen sie aus Tirol, aber ich kenne sie ja nicht. Man sollte sich keine Vorurteile machen. Eventuell sind sie auch kein Paar, wer weiß.

Na endlich bin ich an der Reihe! Mein Ballast wiegt satte 16,5kg, noch weit unter den maximalen 20kg, wobei ansonsten könnte ich mir den Aufpreis locker leisten, wie ihr ja schon mitbekommen habt. So jetzt bin ich es los, nun kann ich mir ein nettes Lokal suchen. Oh lala, da vorne sehe ich von weitem groß „Ham & Eggs" aufgedruckt auf die gläserne Wand. Da muss ich hin, doch zuerst hole ich mir mein verdientes Schokocroissant, das ich einfach einpacke und nach dem deftigen Frühstück essen werde. Ein kleiner Nachtisch hat noch keinem geschadet. Gerade eben habe ich mir die Nascherei besorgt und eingesteckt, augenblicklich marschiere ich zum Frühstücksrestaurant. Hier angekommen bestelle ich mir einen doppelten Espresso, da ich sehr müde bin und wie zu erwarten meine Spiegeleier mit Speck.

„Das war sehr lecker, vielen Dank und schönen Tag noch", meinte ich zum Kellner nach dem Zahlen. Ohne zu zögern gab ich dem aufmerksamen Herrn zehn Euro Trinkgeld, er hat sich extrem gefreut.

Noch immer sind es eineinhalb Stunden bis zum Start, aber ich kann schon mal einchecken, dann habe ich ein wenig Zeit zum Shoppen und warte einfach die restliche Zeit ab. Der Ablauf der Geschehen vergeht immer so schnell, manchmal hat es etwas Gutes so wie momentan, aber oft könnte es nicht lange genug dauern.

Bald sitze ich in der Maschine, nur mehr 20 Minuten verbleiben bis zum Abflug. Echt schön.
Unverzüglich bin ich eingestiegen. Gleich werden wir losfliegen. Ich liebe das Fliegen, vor allem den Start wo man im Sitz eingedrückt die starke Beschleunigung spürt, danach genieße ich immer den Ausblick aus dem Fenster, einen anderen Platz buche ich erst gar nicht und so wie immer befinde ich mich in der Business Class.
Für mich ist es wie eine Mischung aus Urlaub und Arbeit, ist das nicht toll? Wer wünscht sich das nicht? Naja gut, es gibt viele Menschen mit Flugangst, aber der Rest? Das hätten sicher viele gerne, zumindest vermutet es mein Inneres.
Schon bin ich angeschnallt, denn gleich geht der Spaß los. Ich spüre den Druck. Die immer schneller werdende Geschwindigkeit. Wir heben ab. Ein schönes Gefühl. Für zweieinhalb Stunden genieße ich diesen Flug. Ein paar Snacks und Getränke, auf Grund meiner Klasse, werde ich auch bekommen.

– eine Stunde später –

„Wir müssen mit heftigen Turbolenzen rechnen, da weiter vorne ein Gewitter auf uns wartet. Bitte schnallen Sie sich an und bewahren Sie Ruhe. Vielen Dank, ihr Flug Team", merkte der Pilot leicht nervös an. Momentan bin ich noch nicht so beunruhig, aber wir werden ja sehen was passiert. Eine Dame neben mir sieht nicht mehr so gelassen aus.

– sieben Minuten später –

Ein Ruckeln. Ein schneller Fall nach unten. Schon wieder nach oben. Hin und her. Auf und ab. Es geht rund. Die Passagiere in Panik. Ein wilder Flug.
Oh da. Da ist ein Licht. Mehrere Lichter. Ist das meine Chance? Schnell die Kamera holen. Wunderschön. Es sieht aus wie ein Regenbogen in

rot, orange, gelb, grün, blau und lila. Es ist so unfassbar still. Alle sind wie versteinert. Eine gewaltige Ruhe. Nun funkelt es auch. Niemand kann es sehen, aber ich kann Beweis Fotos machen. Es ist mir ein Rätsel. Ich hoffe es dauert noch länger, hier fühle ich mich wohl und es ist immer wieder ein Erlebnis. Da bin ich immer so entspannt. Die Leute im Flugzeug sind wirklich wie Statuen, faszinierend. Die Dame rechts gegenüber von mir wollte gerade von ihrem Sandwich, belegt mit Schinken, Salat und großen Tomaten, genüsslich abbeißen. Ein junges Mädchen hinter mir war dabei, mit der Kosmetik von Catrice, sich die Nase zu pudern. Vor mir war ein Pärchen am Werken sich mit der Zunge wild zu küssen. Neben mir ist ein älterer Mann mit dunkelgrüner Jacke, olivgrüner Haube auf dem Schoß liegend und sein Handy hat eine Hülle mit einem prächtigen Dammhirsch darauf, es muss sich um einen Jäger handeln.

Schade ich spüre schon wie sich alles wieder sachte bewegt und die Lichter verblassen. Gut, dass ich alles aufgenommen habe. Ich muss mir nur noch alles notieren. Die Turbolenzen sind auch wieder vorbei, die habe ich zu meinem Glück verpasst.

In 15 Minuten sind wir da. Meine innere Spannung kommt langsam, ich freue mich und kann es kaum erwarten.

– zehn Minuten später –

Oh, wir setzen zur Landung an, auch immer ein ausgezeichnetes Gefühl. Nur noch aussteigen, Gepäck abholen und rein ins Abenteuer. Das Taxi müsste auch bald kommen.

Angelangt am Parkplatz, sehe ich schon mein Gefährt, eine prächtige, lange Limousine in schwarz gehalten. Der Chauffeur quatscht viel mit mir, ein netter Kerl, er vermutet, in 45 Minuten werden wir da sein, bei der Villa meiner Gastfamilie. Ein verheiratetes Pärchen mit Zwillingstöchtern soll mich empfangen. Einige Minuten, um genau zu sein 40 Minuten, sind vergangen, in Kürze erreichen wir unser Ziel. Meinem

Autofahrer hinterlasse ich auch etwas mehr Geld für die Freundlichkeit. Aussteigen, Taschen tragen lassen und los marschieren zu dem riesigen Gebäude. „Vielen Dank und auf Wiedersehen", trällerten wir uns nach. Nur noch klingeln und kurz warten.

„Oh hello, you are Bella, right?", kichert eine mittelaltrige Dame mit schwarzen, langen Haaren und leichten Wellen. Sie trägt türkise Farbtöne und alles top kombiniert. Ihr Lächeln ist so groß wie das Meinige und ihre Augen funkeln dunkelbraun und auf der linken Seite ist es halb blau, ist das Zufall? „Of course, I'm Bella", lächle ich zurück. Sie bittet mich rein und stellte mich ihrem Mann vor. Ein hübscher, gut gebauter Herr mit hellbraunen Haaren, rehbraunen Augen, ebenfalls ein niedliches Lächeln und sanfte Sommersprossen so wie ich. Seine Kleidung war in schwarz und türkis gehalten, auch sehr gut zusammengestellt. Die beiden scheinen denselben guten Modegeschmack zu haben. Da laufen auch schon die Töchter her, fast identisch vom Äußeren her, aber nicht ganz. Es sind zweieiige Zwillinge. Sie tragen dunkelbraunes, leicht gewelltes, schulterlanges Haar und haben eine Spange auf der Seite drinnen. Ihre Haut so blass wie Schnee, gedeckt von weichen Sommersprossen und im Gesicht auch noch ein strahlendes Lachen. Ihre Augen sind braun, doch von der einen ist das Auge gegenüber dem Rechten halb blau. Das kann doch nicht sein. So viele Ähnlichkeiten. Ach, ich komme schon noch drauf, das könnte die Story werden. Die Röcke und die T-Shirts der Mädchen sind auch türkis-schwarz und etwas weiß. Die Gesichtszüge und der Körperbau machen die zwei unterschiedlich. Emma, die mit dem zweifarbigen Auge, ist klein, zierlich und hat schöne, auffällige Wangenknochen. Melina, die andere, ist groß, schlank und hat ein ganz weiches Gesicht, gekennzeichnet mit einer kleinen Narbe auf der Stirn, welche sehr Harry Potter ähnlich ist. Ich glaube ich bin im falschen Film, alles passt so gut. Egal. Sie wirken alle nett. Diana, die schwarzhaarige Frau, zeigt mir zusammen mit ihrem Mann namens John meine Zimmer. Die Räumlichkeit zum Schlafen ist extrem groß und ausgestattet mit einem überdimensionalen Fernseher,

begehbarem Kleiderschrak aus edlem Mahagoniholz und ein wirkliches Himmelbett mit türkiser Bettwäsche, die Wände sind in den gleichen Tönen wie die Kleidung der Familie. Mein Badezimmer hat eine große Wanne, beziehungsweise einen Whirlpool, eine Toilette, zwei Waschbecken und einen gigantischen Spiegel. Mein Arbeitsplatz, also mein Büro, hat zwei Computer, einen gemütlich aussehenden Sessel und alle möglichen Schreibartikel, es hat eine niedliche, aber passende Größe. Jetzt ziehe ich erst mal ein und in einer halben Stunde gibt's Kaffee und Kuchen.
Alles ausgepackt und jetzt wird's Zeit zum runter gehen in den Speisesaal. Es ist kein normales Zimmer, da könnten hundert Leute essen. Wahnsinn. Wir werden und etwas unterhalten und dann werde ich Michael über meinen Laptop anrufen.

– eine Stunde später –

„Hallo Michael, ich dachte mir ich melde mich einmal"
„Das trifft sich gut, da es eine kleine Planänderung gibt, ich weiß nicht ob es dich freut"
„Oh nein, was ist denn los?"
„Ein neuer, erfahrener Kollege hat jetzt bei und angefangen, er heißt Robin Hessel."
„Na und?"
„Naja es ist so, er startet in etwas über einer Woche nach Alaska und ich will unbedingt, dass du mitkommst, ich glaube ihr zwei bildet ein gutes Team und bei seiner ersten Reise aus Firmen Gründen, soll er nicht alleine sein."
„Also soll ich mir einen Flug nach Alaska suchen damit wir dann zur gleichen Zeit dort sind?"
„Nicht ganz, den Flug habe ich bereits gebucht und die Personen in deiner Unterkunft wissen auch schon Bescheid, aber ich wollte es dir selbst mitteilen."

„Was?! Das ist schon fix gebucht? Was soll das?"
„Bella Liebes, ich weiß, dass du aufgewühlt bist, aber gib dem Ganzen eine Chance, immerhin hast du eh noch eine ganze Woche Zeit in deinem geliebten Finnland und nach Alaska wolltest du doch auch schon immer, oder?"
„Ja da hast du recht, naja was soll es, ich kann es ja eh nicht mehr ändern. Bin ich da auch bei anderen Leuten zuhause, oder wie hast du dir das vorgestellt?"
„Ähm... das wir dir auch nicht ganz passen..., du hast eine wundervolle Suite in einem fünf Sterne Hotel in der Hauptstadt."
„ Ja das klingt super, wo ist der Haken?"
„Der Haken ist, du teilst dir die Suite mit Robin, aber glaube mir, er wird dir gefallen."
„Oh mein Gott wieso? Das ist doch sicher nur ein doofer Praktikant!"
„Nein er kennt sich gut aus, er hat schon viel von der Welt gesehen, aber jetzt möchte er es auch zu seinem Job machen und ich gebe ihm die Chance."
„Wie alt ist der überhaupt?"
„Erst 25."
„Okay gut, wie sieht er aus?"
„Echt heiß, genau dein Typ, mehr möchte ich nicht verraten und er hat auch so ein Auge wie du, auch links, nur in grün-braun."
„Oh wow, naja dann. Ach ja, bevor ich es vergesse, in meiner Gastfamilie haben auch zwei von ihnen so ein Auge, auch links und sie haben viele Ähnlichkeiten mit mir. Ich glaube nicht an Zufälle, das muss einen Grund haben, vielleicht hat es etwas mit den paranormalen Erlebnissen zu tun."
„Das kann gut sein, denn der Robin hat auch schon so etwas erzählt, er erlebt auch sowas. Aber das ist nicht mein Gebiet, das musst du herausfinden."
„Solange er nicht meinem Ruf schadet."
„Auf keinen Fall, das verspreche ich dir. Aber ich muss jetzt auflegen,

die Arbeit wartet."

„Ja klar, bis in ein paar Tagen, bitte schick mir alles über den Flug und Unterkunft. Die Handynummer von dem angeblich heißen Kerl wäre auch gut."

„Ja natürlich, du bekommst alles Schätzchen, bis in ein paar Tagen, tschau!"

„Tschau!"

Na das war jetzt eine Überraschung, aber wir schon gut gehen. Vielleicht gefällt mir Robin ja, ich bin eh schon seit zwei Jahren Single, mein Ex war ein Depp. Satte drei Jahre habe ich es mit ihm ausgehalten, weil ich Angst vorm Alleinsein hatte, doch dann hatte ich so Glück mit meiner jetzigen Agentur und es wurde mir dann auch egal. Viele blicken zu mir auf, das ist wunderbar.

Eines weiß ich, das Eishotel muss ich auslassen, das ist nicht so wichtig, da ich eh schon in Schweden drinnen war. Ins Lappland werde ich fahren, wandern werde ich auslassen, Helsinki muss ich sehen, die Burg und den Rest werde ich lassen, da ich noch eine längere Tour mit dem Schneemoped mit meiner Gastfamilie geplant habe. In drei Tagen geht diese los. Die Hauptstadt besuche ich eh nicht nur einen Tag und Schreiben muss ich auch Die Zeit vergeht.

Helsinki – 3

Meine Limousine ist gleich da, dann geht's nach Helsinki, das wird bestimmt schön. Eine halbe Stunde werden wir vermutlich fahren. Eiskalt ist es heute, es hat -27,5°C, zum Glück besitze ich jetzt viele warme Sachen.
Zuerst werde ich an der Hauptstraße Mannerheimintie aussteigen und mir das Nationalmuseum ansehen. Hier begegne ich der finnischen Geschichte von der Steinzeit weg, bis in die Gegenwart. Es ist ein imposantes Parlamentsgebäude und ein Museum für zeitgenössische Kunst. Dort angelangt werde ich jetzt einer Führung beitreten und mir einiges notieren. Die Ausstellung ist in sechs Teile gegliedert. In der Schatzkammer, also der erste Teil, findet man altes Geld, Trophäen, Waffen und Medaillen. Danach kommt die finnische Frühgeschichte, es ist die größte archäologische Ausstellung dieser Art. Der Bereich „Land und Leute" ist auch unglaublich interessant, es geht um ein Leben vor der Industrialisierung. Der letzte Teil widmet sich dem 20. Jahrhundert.

Es war eine echt Gewinn bringende Besichtigung. Weiter mit dem Auto geht es zu dem Sibelius-Denkmal, es wird super für Fotos sein und mein Gefühl sagt mir, dass was passieren wird.
Jean Sibelius war und ist noch immer der angesehenste finnische Komponist. In seinem Monument sieht man die Musik, es hat etwas Magisches. Nun stehe ich direkt davor und warte nur noch auch ein Ereignis.

– kurz darauf –

Da hör ich es schon. Atemberaubende Musik. Alles versteinert sich, die Personen, die schwingenden Äste der Bäume und fliegende Tiere wie der Zitronenfalter vor mir, der war aber vorhin noch nicht da, immerhin ist eigentlich Winter, doch von der einen Sekunde auf die ande-

re entstand eine niedliche Frühlingslandschaft, einige still schwebende Insekten wie Bienen, Käfer und bunte Schmetterlinge befüllen die Luft rund um das musikalische Kunstwerk. Ein eleganter Regenbogen schwingt sich über das große Meisterwerk mit einem zu mir stehenden Geldtopf. Da hinten kommen auch schon Kobolde, das wird der Hit. Meine Kamera ist bereit genauso wie mein Notizblock.
Jetzt beginnt sich alles wieder zu bewegen und die Landschaft kehrt in die weiße Jahreszeit zurück. Der farbenfrohe Bogen verblasst und die Geschöpfe verschwinden wieder. Schade, dass es schon vorbei ist. Wieso sehe ich solche Dinge? Ein noch immer ungelöstes Rätsel.
Eine Kleinigkeit zu Essen gönne ich mir noch, dann muss ich fahren, weil es schon spät ist, aber morgen geht es natürlich weiter. Naja, eigentlich hat Diana gekocht, dann brauch ich mir nichts mehr kaufen.

– eine Weile später –

„Thank you Diana, it was very good!", bedankte ich mich. Es gab leckere Spaghetti Bolognese, meine Leibspeise, auch wenn das hier nicht üblich ist. Die gute Köchin erzählte, sie waren einmal in Italien und es hat allen so geschmeckt.
Ich berichte ihnen jetzt noch schnell von meinem Tag, in der Hoffnung ein Geheimnis über unser Sehorgan wird gelüftet, danach rufe ich sofort Michael an.

– eine Stunde und 17 Minuten später –

„Oh mein Gott Michael, ich habe etwas für dich!"
„Das habe ich erwartet Süße, komm erzähl!"
„Heute im Park ist etwas magisches passiert, ein Frühling war zu sehen und Fabelwesen, mehr erfährst du in meinem Bericht, denn jetzt muss ich dir erst mal was erzählen was dich vom Hocker haut!"
„Mich schmeißt auch das schon fast um, reiz mich nicht sondern rück

raus mit der Sprache!"

„Okay ist ja gut, ich wollte es nur spannend machen. Ich habe mit John, Diana, Emma und Melina gesprochen, ich erzählte ihnen von meinem heutigen Abenteuer. Jetzt halt dich fest. Sie haben auch schon sowas erlebt, aber nicht alle. Nur Diana und Emma, die beiden haben auch so ein Auge wie ich!"

„Was?! Tatsächlich? Ist ja irre!"

„Ja total, ich habe sie gefragt, ob sie wissen, wie und ob es mit unseren Augen zusammenhängt. Leider haben sie keine Ahnung genau wie wir alle, doch als ich ihnen von Robin erzählte, fanden sie auch, dass es in der Hand liegen muss! Wir brauchen nur Beweise!"

„Ja das stimmt, wo man das nachforschen kann, weiß ich leider auch nicht, bestimmt schaffst du es mit Robin. Das witzige ist, dass es wenige Menschen gibt, die das haben und ausgerechnet ihr habt euch getroffen nach so langer Zeit. Das muss ein Zeichen sein."

„Ja du hast recht, ich werde ihm schreiben was er dazu sagt."

„Super Idee, aber jetzt muss ich schlafen gehen. Gute Nacht Bella!"

„Gute Nacht Michael!"

Robin – 4

Ich freue mich schon so Bella endlich kennenzulernen, laut den Bildern auf Facebook ist sie eine atemberaubende Frau. Das dunkle, gelockte Haar passt ihr sehr gut und diese Augen sind der Hammer. Sie wird mir hoffentlich eine gute Geschäftspartnerin sein und umgekehrt, schön wäre es, wenn noch mehr daraus wird. Mit etwas Glück sieht sie das auch so.

– eine Nachricht von Bella –

Hey Robin, ich bin es, Bella Hedrick. Ich freue mich schon dich kennenzulernen, auch wenn ich am Anfang schockiert war, dass meine Reise nun so kurz wird und wir nach Alaska fliegen. Es würde mich freuen, wenn wir kurz Telefonieren oder Videochatten könnten, weil ich dir was mitteilen muss und ich gerne deine Meinung hätte.
Das klingt etwas seltsam, aber bald weiß ich mehr. Ich rufe sie gleich per Video an, weil ich sie sehen möchte.

– Bella anrufen –

„Hey Bella ich bin es, Robin. Ich habe deine Nachricht gesehen."
„Oh, hallo Robin, freut mich von dir zu hören. Ja ich muss dich was fragen."
„Was denn? Ah, außerdem..., du hast echt schöne Augen!"
„Wie süß von dir, danke und du erst! Genau wegen den Augen, mehr oder weniger, brauch ich deine Hilfe."
„Hä? Wie meinst du das?"
„Wir haben beide auf der linken Seite ein zweifarbiges Auge und können Dinge sehen, die andere nicht können."
„Meinst du nicht, dass das Zufall ist?"

„Dachte ich zuerst auch, aber in meiner derzeitigen Unterkunft haben zwei Personen genau das gleiche und nur die zwei können auch sowas sehen. Nur die zwei, alle andern nicht!"
„Oh mein Gott was?! Da glaube ich auch nicht mehr an Zufälle."
„Ja eben. Dieser Sache müssen wir auf den Grund gehen, denn das könnte die Story werden!"
„Ja klar, aber wie? Ich habe leider auch keinen Plan, aber ich denke nicht, dass wir es in Büchern oder im Internet finden werden, denn dann würde es ja schon jeder wissen. Ich glaube in der geheimen Welt, in der wir uns immer wieder kurz befinden, finden wir am ehesten die Lösung."
„Ja da hast du wahrscheinlich recht, aber wie gehen wir das an?"
„Hm, das müssen wir uns erst überlegen. Wir schaffen das schon!"
„Ja ich glaube auch. Du bist mir viel sympathischer als ich gedacht hätte, hihi"
„Was soll das heißen?"
„Naja am Anfang dachte ich du wärst nur so ein doofer Praktikant, bis mir Michael mehr erzählte und jetzt finde ich dich echt nett und freue mich auch darauf mit dir gemeinsam im Zimmer zu liegen, nicht dass du es jetzt falsch verstehst."
„Oh das freut mich sehr. Mit dir im Zimmer wird es sicher lustig, nicht dass du es jetzt falsch verstehst, haha!"
„Ja klar, haha!"
„Leider muss ich jetzt auflegen weil ich jetzt noch kurz trainiere und dann schlafen gehe."
„Ja kein Problem, viel Spaß noch!"
„Danke dir auch, bei was auch immer, gute Nacht Bella!"
„Danke, gute Nacht Robin!"
Mensch ist die hübsch! Ihr Humor ist auch erste Klasse und sie gefällt mir sehr gut. Ich wünsche mir wirklich, dass sie das auch so sieht. Unsere Alaska Reise wird bestimmt sehr erlebnisreich und schön, ich hoffe wir sehen vieles, wie zum Beispiel den Denali oder den Glacier-Bay-Na-

tionalpark. Bergsteigen mag ich auch sehr gerne, aber ich glaube nicht, dass Bella der gleichen Meinung ist, aber wer weiß, solange wir die großartigen Berge von unten sehen können bin ich auch schon zufrieden. Hauptsache wir haben Spaß und es kommen exzellente Artikel raus. Unsere genauen Pläne werden wir gemeinsam ausmachen.

Oh mein Gott, Robin ist echt heiß! Und er ist so nett, ich hoffe das wird was! Sein braun grünes Auge ist echt süß, wir passen ja perfekt zusammen! Er hat leichte Sommersprossen und ist etwas dunkler als ich, trotzdem auf der blasseren Seite. Sein hellbraunes Haar umschmeichelt das sexy, kantige Gesicht. Sein Bart ebenfalls in einem schönen, fast dem gleichen braun, ist sehr gepflegt und schön voll. Seinen Körper habe ich jetzt leider nicht gesehen, aber natürlich habe ich schon alles im Internet gesehen. Stalker halt. Sein Bauch ist super trainiert, fast ein Sixpack, genauso wie ich es mag. Die Arme sind sehr kräftig und bieten ein sicheres Gefühl, zumindest wirken sie so, da sie sehr prachtvoll sind. Seine Beine wirken auch super erotisch, den Rest seines Körpers habe ich nicht auf Facebook oder Google gesehen, was wahrscheinlich auch gut so ist. Ich mag Überraschungen hihi.

Jetzt im Nachhinein bin ich froh, dass Michael ihn mir mehr oder weniger aufgehetzt hat, denn das was ich bis zu diesem Zeitpunkt gesehen und gehört habe gefällt mir sehr gut.

Die Skidoo-Tour – 5

Heute ist es so weit, wir starten los mit den Schneemobilen, das wird bestimmt lustig! Vielleicht sehen wir was Paranormales und wir können der Sache näher auf den Grund gehen, jetzt starten wir aber erstmal. Die Tour dauert nicht nur einen Tag, sondern bis morgen, zu kurz wäre ja blöd. Ich bin gespannt, wohin wir fahren, auch wie es ist, selbst zu fahren und aufgeregt bin ich ebenso.

In den nächsten Minuten starten wir los, zuerst fahre ich eine kurze Proberunde, da ich nachher auch bei niemandem mitfahren kann, weil Emma und Melina noch nicht 18 sind und keinen Führerschein haben.

– nach der Probefahrt –

So schwer ist es gar nicht, nun legen wir auch schon los. Ein eisig kalter Wind bläst uns überall hinein, es hat ja sowieso schon -24°C, aber wir sind gut eingepackt. Die Bäume sieht man auch nicht lange, weil wir sehr schnell unterwegs sind. Mitten durch den Wald. Da vorne ist ein See, den überqueren wir auch, dort soll es noch eisiger sein, dank der geraden Oberfläche werden wir unsere Geschwindigkeit erhöhen können. Oh, da hinten ist ein Elch. Ein gigantisches Tier. So einen habe ich nicht einmal in Schweden gesehen. Riesig, ein großes Geweih und dunkelbraunes Fell. Neben uns fahren gerade Schlittenhunde, 12 Huskys sind angekettet, die laufen schneller als man denkt. Sie sind so süß, es sind aber nicht die typischen Hunde dieser Rasse in grau-weiß, die hier sind bräunlich, grau und weiß. Diese Sorte hat mehr Ausdauer, habe ich zumindest mal gehört. Der eine sieht sehr wolfsähnlich aus, gefällt mir gut. In Richtung Norden kommt auch schon wieder der Wald, in den wir hineinmüssen. Leicht Abbremsen. Lenken. Spaß haben!

Eine Stunde ist bereits vergangen, an einer passenden Stelle werden wir auch Pause machen. Ich bin eh schon fix und fertig, meine Zehen sind auch schon etwas kalt, trotz großer, warmer Schuhe und Socken. Ein kleines Feuer werden wir uns auch machen. Diana meinte, wir seien schon 65km gefahren, das ist schon ein weites Stück, aber wir müssen noch ungefähr 120km weiter.

– eine Stunde später –

Uns fehlt nicht mehr viel zu unserem Ziel. Wir fahren in eine kleine Therme mit einer atemberaubenden Saunawelt, ich liebe es zu saunieren. Hier in Finnland wurde die Sauna erfunden, ich bin schon so gespannt. John erzählte mir, es sei seine Lieblingstherme. Emma und Melina werden eher im anderen Bereich sein, sie mögen die Hitze nicht so gern.

– angekommen in der Therme –

Die Atmosphäre ist schon mal echt klasse, der Rest bestimmt auch. Die Farben sind super ausgewählt, die Becken laden sehr zum Schwimmen ein und jetzt bin ich schon auf meinen Lieblingsbereich gespannt.
Das ist ja bezaubernd! So schöne Saunas habe ich noch nie gesehen. Nun muss ich mich nur noch ausziehen und entspannen. So lange ich will. Zuerst gehe ich in eine mit 60°C zum Gewöhnen für 15 Minuten, danach etwas wärmerer und schließlich zu guter Letzt in die original finnische Sauna mit 90°C, echt super.
Ein paar Leute sind schon in der etwas kühleren Sauna, aber es ist noch genug Platz, um mich hinzulegen. Hier duftet es lecker nach Kräutern, das kann ich jetzt genießen.

– 90°C Sauna –

Ich habe Glück, in den nächsten drei Minuten startet ein Aufguss, leider konnte ich nicht lesen welcher genau weil es ja finnisch ist, aber es wird

bestimmt toll.
Da kommt auch schon ein Mann, der natürlich alles so erklärt, dass ich es nicht verstehe, aber er bringt uns jetzt Honig, vermutlich für den Körper, aber auch zum Essen, ich mach es einfach so wie die anderen. Oh, es riecht sehr gut nach Akazienhonig, er verteilt gerade den Duft mit seinem Tuch, welches er in einer bestimmten Technik in der Luft herumwirbelt, so kenn ich es auch bei uns in Österreich. Diese Gelassenheit tut mir so gut.

– beim Schlafen gehen –

Seltsam das heute nichts passiert ist, aber das wird schon werden. Michael schreib ich noch kurz eine Nachricht über den heutigen Tag und dann leg ich mich in das gemütliche Wasserbett.

„Hey Michael, heute war ein toller Tour-Tag und die Therme war der absolute Wahnsinn, doch geschehen ist dieses Mal nichts. Es wäre echt super, wenn uns allen gemeinsam das gleiche widerfährt, nicht immer nur dann, wenn ich allein bin, außer es muss so sein. Niemand hat eine Ahnung, ich hoffe es wird sich lösen in dieser Reise, es beschäftigt mich schon so lange. Gute Nacht Michael und liebe Grüße!"

– Mit dem Skidoo zurück –

Ich freue mich schon wieder aufs Skidoo fahren, auch wenn es so kalt ist. Heute hat es -35°C!! Wir können ja froh sein, dass es in Österreich nie so extrem wird, vermutlich halt.
Es liegen noch viele Kilometer vor uns, es stürmt wieder ein frostiger Wind um unsere Ohren, ich fahre fast 100km/h und meine Zehen tun schon weh, weil mir nicht mehr warm wird, ich möchte es wenigstens ohne Erfrierungen bis zur Villa schaffen, das ist mir nämlich in Schweden passiert und brachte echte Schmerzen mit sich. In 10km werden

wir rasten.

Diana und ich unterhalten uns, dass noch immer nichts los war, es ist seltsam. Sie meint auch, es könnte sein, dass es immer nur einzeln passiert, denn mit ihrer Tochter hatte sie auch noch nie sowas. Das ist schade.

Ich habe mich schon ein bisschen erwärmt, Gott sei Dank. Oh, Robin ruft mich an, das freut mich extrem!

„Ja, hallo Robin, freut mich von dir zu hören, was gibt es?"

„Hey Bella, ich habe mich leider nur verwählt, aber wir können gerne weiter quatschen."

„Ja genau du bist ja lustig, kannst mir eh sagen, dass du meine Stimme hören wolltest."

„Ja okay du hast mich erwischt, ich kann es kaum erwarten dich kennen zu lernen, du bist mir jetzt schon so unglaublich sympathisch und deine Ausstrahlung ist der Hammer, ich kann gar nicht genug von deiner Schönheit sehen! Das war jetzt echt eine Überwindung dir das zu sagen, aber du solltest es wissen!"

„Oh mein Gott du bist sooo süß! Vielen Dank, ich kann es auch kaum erwarten und die Komplimente kann ich nur zurück geben, die Überwindung versteh ich, ich hätte es mich nicht getraut, aber ich bin froh das wir es jetzt beide los sind!"

„Na zum Glück denkst du auch so."

„Ja das finde ich auch, ich würde jetzt noch so gerne mit dir reden, aber wir fahren jetzt gleich wieder mit den Skidoos los weil wir von gestern auf heute eine Tour gestartet haben."

„Oh, na dann noch viel Spaß, fährst du selber?"

„ Danke. Ja, das ist echt lustig!"

„Das möchte ich auch mal probieren, vielleicht mit dir in Alaska. Bitte pass auf dich auf!"

„Danke Robin, werde ich machen. Du bist soo lieb zu mir, jetzt kann ich den ganzen, restlichen Tag nur noch grinsen und hoffen, dass wir uns bald sehen!"

„Du bist ja niedlich, ich auch Bella. Möchtest du später Videochatten?"
„Nichts lieber als das, aber jetzt müssen wir leider weiter, tschüss bis später!"
„Das freut mich, bis später Süße!"
Er ist sooooo unglaublich süß zu mir, am liebsten würde ich ihn jetzt sehen und endlich alles über ihn erfahren. Ich hoffe wir kommen zusammen, am liebsten hätte ich jetzt „Ich liebe dich" gesagt, aber das wäre ein bisschen zu früh, hihi. Wir wollen nichts überstürzen. Na toll, jetzt muss ich ihnen erklären, wieso ich so grinse, naja egal, es ist ja nicht peinlich.
Auf geht's nachhause!

– daheim angekommen –

Jetzt nehme ich erst mal ein warmes Bad, ich bin ja ganz unterkühlt, aber erfroren ist mir nichts. Ich liebe Schaumbäder, da kann ich mich so gut entspannen.

Der letzte Tag in Finnland – 6

Heute ist mein letzter Tag in Helsinki, denn schon morgen fliege ich nach Alaska. Endlich sehe ich Robin, ich bin schon aufgeregt! Ich hoffe, dass wir uns gut verstehen.

In einer Stunde fahre ich ins Lappland, dort werde ich Skifahren gehen, ich bin schon gespannt. Leider bin ich nur am Vormittag unterwegs, weil mir nicht mehr so viel Zeit bleibt, da ich noch packen muss. Ich habe so viel Zeugs mit, ich bin so froh, dass ich in Alaska genau die gleiche Ausrüstung brauche, sonst müsste ich alles erst einkaufen. Was auch blöd ist, ist das Diana eigentlich mitfahren wollte, jedoch ist Sie krank, doch solange Sie mich nicht angesteckt hat, kann ich damit leben.

Es ist nicht mehr lange bis ich losfahre, aber ich muss mir dort noch Ski ausleihen, da die ja wirklich unpraktisch in einem Flugzeug gewesen wären.

– zwei Stunden später –

Es hat echt lange gedauert, bis ich ein passendes Modell gefunden habe, doch jetzt kann ich endlich durchstarten und durch den schönen Wald fahren und die Aussicht genießen, eh nur mehr zweieinhalb Stunden lang, ansonsten bekomme ich einen riesigen Stress mit dem Flug.

Dieser Ausblick ist der Hammer, das Wetter ist ein Traum und dieser Naturschnee ist perfekt! Das ist echt ein schöner, letzter Tag, auch wenn ich allein bin. Man kann ja tolle Zeit auch für sich haben. Die Renn-Ski laufen super, leider besser als die, die ich zuhause habe, wobei eigentlich müsste ich sie nur neu wachsen lassen.

Die letzte Stunde hat bereits angefangen, jammerschade. Unter diesen Umständen benötige ich trotzdem mal eine Pause, um etwas zu trinken, ich bin ja fast am Verdursten, Gott sei Dank habe ich einen guten Früchtetee mit, er ist mit Hibiskusblüten verfeinert damit die Farbe und der Geschmack intensiver sind. Jetzt fehlt nur noch das richtige Plätzchen.

– nach dem Skifahren –

Jetzt muss ich wohl loslegen meine Sachen einzuräumen, da mein Flug um drei Uhr morgens geht und es jetzt schon vier Uhr nachmittags ist und ich schließlich noch schlafen gehen möchte. Außerdem möchte ich mich noch nett mit der Familie unterhalten, sie sind mir echt sympathisch und es ist schade, dass ich sie nicht so bald, wenn überhaupt noch, sehen werde. Die süßen Kinder werde ich ganz besonders vermissen.
Hoffentlich schaffe ich es auch mit Robin allein unser zweifarbiges Rätsel zu lösen. Ich bin schon so gespannt auf ihn, ich könnte den ganzen Tag nur schwärmen von ihm obwohl ich ihn in der Realität noch gar nicht kenne, wer weiß, vielleicht war es Liebe auf den ersten Blick. Er ist außerdem so freundlich gewesen als wir telefoniert haben. Er bringt mein Herz einfach zum Schmelzen, so hoffe ich es auch außerhalb von dem Computer.

Die Abreise – 7

„I'll miss you so much!", heulte ich ihnen nach. Eventuell schreiben wir noch manchmal und sie meinten, sie würden mich einmal besuchen kommen. Es würde mich sehr freuen.
Meine Limousine wartet auch schon, es ist der gleiche Fahrer wie bei meiner Anreise. Heute sieht er etwas müde aus, aber es ist ja erst Mitternacht, das ist verständlich. Ich bin extrem munter, da ich so aufgeregt bin.

– am Flughafen –

Mein Gepäck habe ich schon abgegeben, eine weitere Stunde muss ich noch warten. Ich werde erstmal einchecken und dann noch ein wenig durch die Shops stöbern.
Die Flugzeit nach Alaska von hier ist schon echt lange. Es dauert ganze 18 Stunden und ich muss in den USA umsteigen. Vielleicht sitzt jemand nettes neben mir und sonst werde ich schlafen gehen, ich bin eh sehr übernächtig.
Jetzt geht es endlich in den Flieger, ich freu mich schon wahnsinnig. Endlich lerne ich Robin kennen, ich glaube er ist sowas von mein Traummann, aber ich will ja nichts überstürzen. Er ist mir jetzt schon so sympathisch, das ist nicht normal für mich, ich bin eher menschenhassend. Ich könnte ewig von Ihm schwärmen, habe ich jetzt eh schon sehr häufig getan.

– endlich im Flieger –

Neben mir sitzen leider nur zwei Chinesen, die, wie ich bemerkt habe, kein Englisch können, so wird das wohl nichts mit dem Reden, wobei wenn ich erst mal in den USA bin, sehe ich dort auch schon Robin, dann sind wir endlich mal im gleichen Flugzeug. Ich bin etwas aufgeregt, hihi. Okay, nicht nur etwas.

– nach besagten 8 Stunden aussteigen –

Jetzt ist es so weit, bald werde ich meinem Schatzi begegnen! Okay, ich übertreibe ein wenig. Vermutlich dauert es ewig, bis ich ihn hier mal finde, aber der Hoffnungsfunke stirbt zuletzt. Oh Gott, sehe ich überhaupt gut aus?

– kurzer Blick in die Handykamera –

Ja passt ziemlich, voll in Ordnung. Ich begebe mich mal auf den Weg, um mein Gepäck zu holen, dann sehen wir weiter.
Oh man, wo bleibt es denn… da bekomme ich immer Panik, was ist, wenn es weg ist? Das wäre mein absoluter Albtraum, natürlich könnt ich mir neue Sachen kaufen, aber ich hänge halt sehr an meinem schönen Zeug. Klasse, da ist es auch schon. Soll ich Robin mal anrufen, damit wir gemeinsam einchecken? Hm, gute Frage. Wahrscheinlich wäre das wohl die richtige Entscheidung.
„Hallo Robin, bist du schon beim Check In?"
„Hey Bella, ich wollte dich auch gerade kontaktieren. Nein ich bin noch bei der Gepäckabgabe, du?"
„Prima, da bin ich eigentlich auch, aber dein Flug kam ja von wo anders. Treffen wir uns am Ende von hier? Ich glaube da werden wir uns finden."
„Ja, gute Idee. Ich muss nur noch kurz auf meinen Koffer warten. Bis gleich!"
„Bis gleich!"
Ahh! In kürze sehe ich ihn, ich freu mich sooo unglaublich, mega extrem auf ihn! Ich stolziere schonmal nach vorne und warte dort.

– wenige Minuten später –

Uii, ist er das? Er ist noch so unscharf von Weitem, ich bin nicht sicher... Du meine Güte, in echt ist er noch viel heißer, mein Grinsen kann ich mir nicht verkneifen. Nun sieht er mich auch, er lächelt mich wirklich süß an. Ich glaube, ich schmelze!
„Heyy Bella! Endlich sehen wir uns in echt! *Küsschen links, Küsschen rechts*"
„Hallo Robin, ja freut mich sehr."
„In echt bist du ja noch viel hübscher und richtig süß!"
„Oh danke, du bist ja ein echter Charmeur, kann ich nur zurückgeben!"
„Dankeschön. Ich freu mich schon sehr auf unser gemeinsames Abenteuer."
„Und ich mich erst! Aber jetzt müssen wir einmal zum Check in, so viel Zeit haben wir nicht, den Flug wollen wir gewiss nicht verpassen, oder?"
„Da war ja was, haha. Klar, gehen wir los."

– nach den ganzen Kontrollen –

Bella ist so eine hinreißende Frau, sie wirkt so sympathisch, als ob sie meine Seelenverwandte ist. Ihre Ausstrahlung ist der Hammer! Und diese Augen! Dieses Lächeln! Super niedlich. Alaska wird spitze!

– bei den Gates warten –

„Robin ich bin so müde!"
„Glaub mir, ich auch. *Gegenseitiges Kopfanlehnen*

Der Flug nach Alaska – 8

Jetzt liegen wir auch schon quasi zusammen, romantisch. Sein Parfum riecht so gut, er hat echt Geschmack und was für einen Stil! Er trägt eine elegante Lederjacke mit einem Hugo Boss T-Shirt darunter und eine lässige schwarze Hose dazu mit den passenden Schuhen. Gefällt mir. Gute zehn Minuten müssen wir noch warten, aber an seiner Schulter könnte ich noch länger lehnen. Bestimmt nicken wir im Flugzeug auch so gemeinsam ein. Ich bin gerade über beide Ohren glücklich. Es ist schon schräg, wie schnell man sich frisch verliebt fühlt. Bis jetzt ist mir das noch nie passiert.

Nun steigen wir auch schon in die Maschine ein. Nur mehr den Platz suchen und eine lange Zeit entspannen, beziehungsweise schlafen, wobei tiefgründige Gespräche mit Robin wären auch schön, leider sind wir beide sehr erschöpft. Da sind auch schon unsre erste Klasse Plätze, super bequem, viel Komfort. Ich freue mich wieder auf den Start, das ist so ein gutes Gefühl von Geschwindigkeit und natürlich einer neuen Reise. Er riecht so unglaublich gut, ich kann es gar nicht oft genug wiederholen.

„Möchtest du dich wieder so hinlegen, wie vorhin eben, Bella?"

„Ja sehr gerne. *großes Grinsen*"

„Sehr schön. *noch größeres Grinsen*"

Er wirkt so empathisch und intelligent, ich liebe diese Art von Männern. Robin ist außerdem genau mein Typ vom Aussehen her und unser gemeinsames Auge mit unsrer Fähigkeit wird uns sicher noch ganz weit bringen. Wenn das Geheimnis endlich gelüftet ist, warum wir paranormale Dinge sehen, haben wir endlich die Klarheit, die uns fehlt, bestimmt nicht nur uns, sondern auch Diana und ihrer Familie. Das wäre echt nicht loyal, falls wir es ihnen verschweigen würden.

– nach einigen Stunden Schlaf –

Noch halb müde werfe ich einem Blick zu meinem Reisepartner. Er sieht mich auch sehr anmutig an. Wir haben beide ein verschlafenes Lächeln im Gesicht. Entzückend. Er hat so athletische Gesichtszüge, echt attraktiv. Diese kühlbraunen Haare passen so gut ihm. Oh, er fängt wieder an zu reden.
„Hast du gut geschlafen?"
„Selbstverständlich, an deiner Schulter war es super, hihi. Du auch?"
„Ja habe ich, bei dir fühle ich mich jetzt schon wohl."
„Ich mich auch."
„Was möchtest du als erstes in Alaska machen?"
„Ich habe noch gar nicht so viel darüber nachgedacht, mein Plan war eigentlich nur Finnland haha, aber von den Winteraktivitäten ist es ja circa gleich. Schifahren wäre mal lustig, aber was wir uns alles anschauen können, weiß ich nicht."
„Das habe ich mir fast gedacht, Michael hat dich ja damit komplett überrumpelt, ich bin jetzt aber sehr froh, dass du da bist. War es in Finnland schön?"
„Ich bin auch froh, dass ich dich jetzt kennen lerne. Ja es war wunderbar, die Gastfamilie war auch sehr freundlich."
„Ausgezeichnet. Also wegen Alaska, grundsätzlich habe ich keine großen Pläne, bis eigentlich gar nichts fixes gemacht. Der Denali würde mich sehr reizen, da ich begeisterter Bergsteiger bin, der hat aber über 6000 höhen Meter, das geht also nur, wenn du auch genug Erfahrung und die Ausdauer hast, ansonsten machen wir halt nur ein Foto und machen etwas Geringeres, haha."
„Das ist eine nette Idee, ich liebe es auch zu wandern und auf Berge zu gehen, jedoch habe ich nicht so viel Übung und kann mich deshalb nur auf kürzere Touren begeben. Ein kleiner Gipfel wäre eine berauschend gute Idee. Es tut mir unglaublich leid, dass der Denali nur wegen mir warten muss."

„Bella, das ist doch kein Problem, das verstehe ich vollkommen. Wenn wir angekommen sind, machen wir uns einfach schlau, was man sonst so alles in Alaska erleben kann. Es ist genug Zeit."
„Schön das zu hören. Äh genau, wie lange bleiben wir eigentlich? Michael hat nichts angedeutet und vor lauter Durcheinander, habe ich vergessen zu fragen."
„Nun, unser Chef hat gesagt, wir sollen uns so viel Zeit nehmen, wie wir brauchen. Es können zwei Wochen sein, drei Wochen oder auch ein Monat. Unsre Unterkunft weiß Bescheid und die Flüge müssen wir zwar noch buchen, aber wenn wir öfter umsteigen, sind die gewöhnlich sehr flexibel."
„Na dann haben wir gar keinen Stress, auch schön zu hören. Ich bin noch etwas müde, ich denke, ich sollte mich wieder hinlegen."
„Sicher, kein Problem, kannst dich gerne wieder anlehnen."
„Danke. *erleichtertes Schmunzeln*"
Bella hat eine so hüllenlose Schönheit in ihrem Gesicht. Sie sieht so herzig aus, wenn sie schläft. Ich könnte ihr noch den ganzen Flug lang zusehen, wenn ich selbst nicht so müde wäre. Ich schmiege mich auch wieder an ihren Kopf und mache ein Nickerchen.
Robin ist auch wieder eingeschlafen, meine Augen sind nun wieder top fit, bewegen kann ich mich trotzdem nicht, da ich ihn nicht aufwecken will. Meinesteils hat trotzdem einen guten Ausblick aus dem Fenster. Hauptsächlich sehe ich unten weiße, mit Schnee bedeckte Flächen und näher beim Flugzeug eine große Anzahl von Wolken. Im Moment begeben wir uns an einer Wolke vorbei, welche einem Hasen ähnelt. Ich liebe es meine Fantasie frei zu spüren, obwohl ich mich nicht in der besonderen, sondern in der herkömmlichen Welt befinde. Robin bewegt sich. Ach du meine Güte, er nimmt meine Hand, nichts lieber als Händchen halten.
„Ist das eh in Ordnung für dich?"
„Ich dachte du schläfst, hihi. Es ist wunderschön hier im Flieger deine Hand zu halten, das ist mehr als in Ordnung für mich."

„Du bist echt entzückend."
Ich kann es noch immer nicht glauben, es muss Liebe auf den ersten Blick gewesen sein. Diese unfassbare Bindung schon von Anfang an ist wahnsinnig empfindsam.

– nach einer halben Stunde Hand in Hand –

„Siehst du das auch? Es beginnt, oder?"
„Sehen wir das gleiche Robin? Ein Wunder!"
Alles steht still. Tausende Sternschnuppen rasen im Innenraum hin und her. Bunte Lichter entwickeln sich immer mehr und mehr. Der Sessel vor uns scheint zu schweben, auf einem rot-orangen Strahl aus Staub. Glitzernden Staub. Miniatur Geschöpfe, man könnte meinen, es handle sich um Feen, sitzen auf den Köpfen der Passagiere. Deswegen der Glitzer. Robin sieht mich genau so begeistert an wie ich ihn. Sehen wir das gleiche, wegen unserer Verbindung durch die Hände? Ich möchte nicht loslassen, doch ich muss es wissen. Er willigt ein. Plötzlich ein lauter, schriller und echt grausamer Schrei. In ultimativ schneller Zeit ist nichts mehr bunt, sondern schwarz, grau und weiß. Alles sieht sehr grässlich aus und es ist keine schöne Melodie wie sonst, es sind ekelerregende Klänge. Was ist passiert? Haben wir den Zauber zerstört? Erstmal alles fotografieren. Bitte hört es bald auf. Es ist einfach furchtbar. Einsamkeit. Normale Farben kehren zurück. Die Menschen bewegen sich wieder. Der Flug geht weiter. Endlich.
„Das war ja entsetzend, deine Hand lasse ich nie mehr los, wenn wir im sogenannten Wunderland sind."
„Ich finde auch, das wäre keine gute Idee. Vermutlich hätte es nur einer gesehen, wenn wir uns nicht berührt hätten, aber damit habe ich ganz und gar nicht gerechnet."
„Ich auch nicht Bella, hoffentlich lüften wir baldigst das Mysterium."

Romantischer Abend – 9

In Kürze werden wir landen.

– nach einiger Zeit auf den Weg ins Hotel –

Wir fahren gerade mit einem hübschen, gemieteten Auto in unsere Unterkunft. Es ist ein weißer VW T-Rock, mehr braucht man hier auch nicht. Die Fahrzeit beträgt noch 20 Minuten, ich bin schon gespannt auf unsere Suite, was da wohl geschehen wird mit uns beiden, hihi. Nein quatsch, wird sicher gefühlig.

– angelangt am Ziel –

Das ist ein traumhaftes, monströses Zimmer. Prima!
„Gefällts dir?"
„Extrem!"
„Hab ich ausgesucht. Störts dich eh nicht, dass wir uns das große Bett teilen?"
„Nein auf keinen Fall!"
„Super, dann gehen wir mal auspacken."
Nach dem Ausräumen der Koffer muss ich das Bett testen, ob es eh bequem ist, haha.
Es ist, als ob ich auf flaumigen Wolken liege, da kommt mir das Fliegen wieder in den Sinn.
„Darf ich mich schon zu dir legen?"
„Klar, komm her!"
Ich liege in seinem Armen, wir kennen uns nicht lange, aber es fühlt sich einfach richtig an. Ich glaube, wir passen zusammen wie Pech und Schwefel.
„Informieren wir uns jetzt über die Abenteuer in Alaska?"

„Ja sehr gerne Bella!"
Es gibt nicht weit von hier eine sehr schöne Therme. Natürlich haben wir auch in Österreich Thermen, aber diese hier sieht so exquisit aus. Außerdem bräuchte ich mal Entspannung und mit Robin dort hinzufahren...ein Traum!
„Möchtest du Morgen mit mir in die Chena Hot Springs Therme fahren? Die ist nicht weit von hier und ich würde sehr gerne mit dir Relaxen."
„So ein Zufall, ich habe mir gerade das gleiche angesehen. Unbedingt machen wir das Robin!"
Als ob er meine Gedanken lesen könnte. Gruslig. Aber süß.
Es ist erst 15:00 Uhr hier, aber durch die gewaltige Zeitverschiebung bin ich echt müde. Bei ihm einzuschlafen wäre jetzt optimal. Einfach die Augen zu machen, er wird mich schon nicht wegdrücken.

– nach sieben Stunden Schlaf –

Wo, wo bin ich? Wie spät ist es? Zeit zum Aufstehen? Ich bin verwirrt. Robin schläft ja noch. Kurzer Blick auf die Uhr. Oh, 22:00 Uhr, diese blöden Zeitunterschiede, die machen mich dusselig. Ich geh wieder schlafen.
„Bella? Du auch wieder munter?"
„Ja, wir haben zwar lange geschlafen, aber es ist nicht in der Früh, es ist erst 22:00 Uhr."
„Ich habe eine Idee, fahren wir mit dem Auto einfach los, bis wir eine schöne Stelle finden und sehen uns die Sterne und vielleicht sogar Polarlichter an?"
„Du bist perfekt. Das will ich unbedingt!"
„Süß. Na dann, zieh die dich wärmer an und dann geht's los!"
„Jawoll!"
Bezaubernde Idee, ich wollte schon immer mal so einen Romantiker treffen. In diesem Moment möchte ich gar nichts Ungewöhnliches sehen, ich will jetzt nur unsere Zweisamkeit genießen.

– auf dem Weg ins Nirgendwo –

„Hey, da ist ja ein schönes Plätzchen bei den Bäumen, findest du nicht?"
„Ja das sehe ich auch so, die dicken Polster zum Draufsitzen haben wir jetzt eh mit, oder?"
„Ja haben wir, genauso wie die Decke."
Hier ist ein klarer Sternenhimmel und tatsächlich auch Polarlichter, das haben wir perfekt erwischt.
„Komm, kuschle dich her zu mir Liebes, damit dir nicht kalt wird."
Grinsen und näher zu ihm rücken
„Ich habe mich noch nie in so kurzer Zeit einer Frau so nahe gefühlt. Du bist einfach einzigartig."
„Danke Robin, mir geht es genau gleich. Wie in einem Liebesfilm fühle ich mich, als ob es einfach nicht real ist."
„Und wie es real ist. *Küsst Bella unerwartet*"
Robin ist ein erstklassiger Küsser. Ich fühle mich wie frisch verliebt. Wie in einer Holly Wood Romanze oder einem Märchen, wo die Prinzessin ihren Prinz endlich findet. So schade, dass in diesen Momenten die Zeit nahezu verfliegt. Meine Gedanken spielen verrückt. Glück überkommt mich. Ich kann nur mehr lächeln. Die tiefen Blicke in seine Augen machen mich ganz schwach. Seine Zärtlichkeit ist überwältigend. Auch wenn wir viele Schichten Kleidung tragen, sind wir uns irgendwie hautnah.
„Langsam wird mir echt kalt, aber wir könnten die romantische Nacht in unsrer Suite fortsetzten, oder?"
„Das ist ein fabelhafter Vorschlag. Nichts wie weg von hier."
Wir befinden uns wieder im Warmen. Die Zeit genießen wir noch gemeinsam, dann werden wir wahrscheinlich noch kurz schlafen gehen, um am Morgen fit für die Therme zu sein.

Der erste Tag – 10

– 8:00 Uhr morgens –

Gut ausgeruht machen wir uns heute einen super gemütlichen und entspannten Tag.
„Hast du alles dabei?"
„Ja, von mir aus können wir losstarten."
„Ich freu mich schon aufs warme Wasser, die nächste Zeit wird eh sehr kalt werden."
„Ich mich auch. Das stimmt, aber die Zeit wird umwerfend mit dir, egal wie kalt!"
„Ja vollkommen."

– in der Therme –

Hier sieht es viel pompöser und eleganter aus als in den österreichischen Thermen. Genau mein Stil.
Robin trägt eine sexy Badehose in schwarz mit Calvin Klein Aufschrift, ich habe meine roten Tommy Hilfiger Bikini gewählt und trage meine Haare zu einem Dutt gebunden.
Das Funkeln in seinen Augen, wenn er mich ansieht, ist einfach charmant, genauso wie seine Art. Seine Stimme klingt so maskulin, aber trotzdem weich, richtig bewundernswert und schön.
Die Nacht mit Bella gestern war so magisch. Ihr Charakter ist aus Gold und sie ist mit Abstand die Schönste, die ich je getroffen habe. Die rote Bade Robe umschmeichelt ihren zarten Körper. Ihr Anblick ist so fesselnd.
„Gehen wir in dieses Becken?"
„Natürlich, es spricht mich fürs erste auch am meisten an."

Ein salziges Wasser mit 38°C, ein guter Duft um uns herum und nicht zu vergessen – der perfekte Mann, hihi. Sein Körper ist der Hammer. Er ist der Hammer.
Jetzt schwimmen wir gerade nach draußen, wunderschön, wenn es Winter ist. Die Landschaft ist bemerkenswert.
„Da drüben sind gar keine Menschen, außer du willst nicht allein mit mir sein. *schwimmt weg*"
„Logisch möchte ich das, ich schwimm dir ja schon nach!"
Ein ruhiger Ort. Es ist allgemein kein großer Trubel hier, doch so ist es noch viel besser. Schmusend mit dem schärfsten Mann bin ich an einem der besten Orte.
„Spürst du das auch?"
„Ja, ist das ein gewöhnlicher Wassersprudel oder fängt es wieder an?"
„Ich bin nicht sicher, aber ich glaube sonst wären hier mehr Menschen. Wir dürfen uns nur nicht loslassen, dann ist alles sicher."
Wie ein Wirbelsturm Unterwasser. Wie hunderte Tornados. Ach du meine Güte, wir werden runtergezogen. Was soll das? Das hatte ich noch nie. Hilfe! Wir können nichts machen. Uns sieht sonst keiner. Ich habe tierische Angst. Der Sog nach unten wird immer stärker. Noch stärker. Ich kann mich gar nicht mehr halten. Nur mehr an Robin, welcher aber klarer Weise auch hinuntergerissen wird. Es ist so tief, viel tiefer als in der Realität. Warum bekomme ich noch normal Luft? Ich kann Atmen? Was läuft hier nur falsch. In einem gigantischen Wirbel werden wir noch weiter ins Nichts gedreht. Mir ist schwindlig und kotz übel, weil es nicht aufhört. Gewöhnlich befinden wir uns immer nur ein paar Sekunden, höchstens zwei Minuten in diesem Universum. Es kommt mir schon so lange vor. Mir wird schwarz vor Augen. Ich fliege gleich in Ohnmacht. Was ist nur los?
Oh Gott, Bella hat die Augen zu und schreit nicht mehr! Bella wach wieder auf! Ich hoffe das ganze endet irgendwann, mir ist auch nicht mehr wohl. Dieser Druck in die Unterwelt. Die starken Wirbel. Ich bin in Trance. Mir wird schwarz vor Augen. Nicht ich auch noch. Ich darf

sie trotzdem nie loslassen.

– nach den Stürmen –

Au, mein Kopf tut weh. Wo bin ich gelandet? Was ist passiert? Ich sehe nur Finsternis. Und wo zu Hölle ist Robin?! Ich brauche ihn, ich habe so viel Angst. Ich könnte heulen. All die Jahre bin ich gereist, hab schöne Dinge gesehen, alles fotografiert und meine Artikel geschrieben und jetzt, wo ich einen Partner für das alles habe, der gleich wie ich tickt und sich ebenfalls mit der zweiten Realität auskennt, passiert etwas so Schreckliches. Hallo? Ist da jemand? Ich versuche mal aufzustehen und mich vorsichtig fortzubewegen. Au! Na sag mal, bin ich hier eingesperrt? Ist das Glas? Jetzt bekomme ich gleich Klaustrophobie. Ein Horror Szenario. Robin? Bist du da draußen irgendwo? Oh, Licht. Hier sind überall Bäume. Es sieht aus wie in einem Märchenwald. Ich schwebe ja. Es sieht eigentlich sehr einladend aus, wie bei den gewöhnlichen Sekunden, in denen ich mich sonst immer befinde. Von weitem kommt jemand auf mich zugelaufen. Irgendwie schon ein Mensch, aber irgendwie auch nicht. Mehr wie eine kleine Hexe, wie man sie aus den Filmen kennt. Sie ist ungefähr einen Meter groß, hat ein verzogenes, bösartiges Gesicht mit einer langen Nase. Sie trägt ein kaputtes Kleid in grün gehalten und dazu einen unpassenden, spitzen Hut in pink-orangen Tönen. Schuhe hat sie keine an. Gleich ist sie bei mir. Sie sieht zwar witzig aus, aber ihr grimmiger Blick macht mir zu denken.
„Hallo Bella, mein Name ist Jade. Ich bin hier, um dir zu sagen, dass du und Robin einen großen Fehler begonnen habt."
„Was warum? Ich verstehe gar nichts mehr."
„Sich auf die Suche nach dem Geheimnis zu machen, um es dann allen anderen erzählen zu können, ist nicht gestattet. Als Strafe sitzt ihr so lange fest, bis ihr den Weg zur Erde findet, bis jetzt sind noch alle dageblieben und haben sich irgendwann umgebracht, weil sie es nicht ertragen konnten festzusitzen, hahaha!"

„Du spinnst ja! Lass mich jetzt aus diesem Glaskasten und bring mich zu Robin!"

„Klar sehr gerne, sein Anblick wird dich aber nicht erfreuen, er hat starke Schmerzen."

Jetzt fühl ich mich nicht mehr, wie in einer Romanze, sondern wie in einem schlechten Kinderfilm, wo es eine böse Hexe gibt, die die anderen gefangen hält. Wenigstens bringt sie mich zu Robin. Ich finde das alles so erbärmlich. Robin wird sich wohl nicht verletzt haben, die blöde Jade hat mich sicher nur veräppelt. Wahrschlich träume ich den ganzen Mist nur und alles ist normal, ich habe mir bestimmt nur den Kopf in der Therme gestoßen. Ich glaube, da vorne ist Robin! Oh nein, er steht ganz eingeknickt mit erschöpftem Blick da und blutet an beiden Knien. Er hat genau wie ich nur das Badegewand an.

„Da vorne ist er, viel Spaß beim Verlaufen!"

„Witzig, danke."

„Robin? Was haben sie dir angetan? Geht es dir gut?"

„Ich bin so erleichtert dich zu sehen. Sie haben mich mehrmals auf Steine mit den Knien voraus hinuntergestoßen, aber ja es geht schon wieder. Die Kobolde oder so ähnlich sind dann einfach verschwunden, ohne auch nur ein Wort zu sagen. Was hat es mit dieser hässlichen Hexe von vorhin auf sich?"

„Nein wie furchtbar! Ich hoffe, deinen Knien geht es bald besser. Also die seltsame Kreatur, was mich begleitet hat, heißt Jade und hat mich aus einem Glasgefängnis befreit und gesagt, dass wir einen großen Fehler begonnen haben. Wir dürfen uns nicht auf die Suche nach dem Geheimnis machen und es der ganzen Welt erzählen. Aus diesem Grund sitzen wir hier fest und vermutlich kommen wir nie wieder raus und werden hier sterben, denn den Weg zur Erde hat noch keiner gefunden."

„Wie in einem schlechten Film."

„Das habe ich auch gedacht. Bis ich dich jetzt so fertig gesehen habe, meinte ich, dass sei ein Witz oder ich träume. Aber jetzt bekomm ich wieder Panik."

„Ich verstehe deine Sorge, die habe ich auch, aber gemeinsam schaffen wir das, oder?"

„Natürlich. Mein Handy habe ich nicht dabei, du auch nicht, oder?"

„Meines ist wasserfest, deshalb habe ich es in der Badehose. Du meinst wegen Michael?"

„Ja genau, wir müssen ihm Bescheid geben. Ich bin froh, dass es hier warm ist, sonst hätten wir jetzt noch ein weiteres Problem"

„Ja zum Glück. Ich versuche ihn zu erreichen."

„Michael?"

„Hallo Robin, freut mich von dir zu hören, alles gut bei euch?"

„Gar nichts ist gut, wir befinden uns im Nirgendwo, es sieht aus wie im Märchen und es laufen schreckliche Kreaturen um uns herum!"

„Ja gut, aber das hört sich so an, als ob ihr an eurem Ziel seid, das Geheimnis aufzudecken, oder etwa nicht?"

„Wir sind hier eingesperrt, es könnte sein, dass wir nie wieder raus finden. Eine komische Hexe hat zu Bella gesagt, als Strafe, also wegen unsrem Ziel, haben sie uns hergeholt und bis jetzt hat es niemand mehr nach draußen geschafft."

„Ach Quatsch! Bella hat bis jetzt alles gemeistert und zu zweit mach ich mir noch weniger Sorgen, meldet euch, wenn es was Neues gibt, ich muss auflegen, tschüss!"

„Okay, tschau!"

„Was sagt er?"

„Er glaubt an uns."

„Hm, das hilft uns nur wenig weiter. Aber mach ein paar Fotos mit deinem Handy, für alle Fälle."

„Mach ich. Willst du mal in den Wald da drüben hinaufschauen? Also der links, mit den bunten Bäumen."

„Warum nicht, wir haben schließlich nichts mehr zu verlieren."

Ich fühle mich wie Alice im Wunderland. Der eine Baum ist rosa, der andere wieder blau und es sind wunderschöne Blumen hier, die ich

noch nie zuvor gesehen habe. Diese sieht aus wie eine Hibiskusblüte nur viel größer, so groß wie ein Suppenteller. Der Duft nach Veilchen verzaubert mich. Da hinten ist ein violetter Hase mit einem Hut, auf ihm sitzt ein kleiner Vogel, es sieht aus wie ein Kolibri. Am Boden krabbeln einige Ameisen, die in Regenbogenfarben angeordnet sind. Kleine Nebelwolken durchziehen den Forst. Wir gehen Hand in Hand auf pastell gefärbten Kieselsteinen. Es herrscht unglaubliche Ruhe, man hört nur ein leises Vogelzwitschern.
„Vom alltäglichen Stress, ist das ein wirklicher Abstand. Ich bin froh, dass ich Fotos machen kann, um Beweise zu sammeln."
„Ja das ist wichtig."
Ein Adler mit grau-blauem Flügeln kreist über uns umher. Bei meinen Füßen jagen zwei Mäuse in Gelb um die Wette. Ein Regenwurm, größer als eine Schlange, ist rechts von Robin. In der Ferne sehe ich einen Elefanten in der Größe eines Hundes, der mit einem bunten Schmetterling spielt. Es ist eine Welt, wie in meinen Träumen. Ich habe echt viel Fantasie, aber das ich hier mal durchspaziere, hätte ich nicht erwartet, schon gar nicht mit dieser Pracht eines Mannes.
„Findest du diesen Ausblick auch so anmutig?"
„Ja Bella, tue ich. Ich genieße es einfach, auch wenn es mir den Magen umdreht, wenn ich dran denke, immer hier bleiben zu müssen, aber ich glaub, mit dir wäre sogar das erträglich."
„Du bist so charmant, da muss ich dir recht geben, wobei ich so ein mulmiges Gefühl habe, dass dieses perfekte Auftreten nur eine Fassade ist und es grausam wird."
„Das ist mir auch schon in den Sinn gekommen, aber denken wir lieber nicht daran."
„Gut. Da vorne ist eine Gabelung, wo möchtest du hin?"
„Was haltest du von links? Wirkt etwas sympathischer."
„Sicher, können wir nehmen."
So schreiten wir nun fort ins Ungewisse. Vielleicht sehen wir sogar Einhörner, das würde mich glücklich machen. Ich fühle mich wie ein klei-

nes Mädchen mit magischen Wünschen. Hier wird es etwas düsterer, ich glaube, das ist nun der Hacken. Wir können eh nur das Beste daraus machen. Da vorne sind große Spinnennetze, mich ekelt es jetzt schon. Der Himmel ist nun auch nicht mehr strahlend blau, sondern eher in einem dunklem, erbittertem Enzianton.
„Robin, ich bekomm Angst!"
„Falls was passiert bin ich da, versprochen! Aber ehrlich gesagt wird mir auch ein bisschen unwohl, willst du umkehren und doch den anderen Weg nehmen?"
„Vermutlich ist der nicht besser. Marschieren wir einfach da entlang weiter."
„Na wenn du das sagst, in Ordnung..."
Eine große Spinne, mit einem roten Kreuz am Rücken zu meiner Linken. Nur nicht auszucken. Ein kleines Äffchen hängt über uns im Baum, welches auch nicht gerade sehr liebenswert aussieht. Bitte spring nur nicht auf uns herab, ich möchte nicht zum Schreien anfangen. Oh, da ist ein riesiges Loch unter der Baumwurzel, als ob man hinein gehen könnte.
„Robin, was sagst du dazu, wenn wir ein bisschen etwas riskieren und hier hineinkriechen?"
„Am naja...können wir natürlich versuchen. Ich geh voran."
„Alles klar."

Die Ruine – 11

Finsternis. Erde, Dreck, Würmer über uns, neben uns und unter uns. Ich hoffe, es wird spannender.

– nach zehn Minuten sich schlängeln –

Es kommt Licht herein. Es wirkt gewöhnlich. Aber das war bestimmt noch nicht der Weg zurück. Okay, nein wirklich nicht. Ich habe mich leider vertan. Es sieht noch immer märchenhaft aus. Ich erblicke im letzten Winkel eine Ruine, sieht interessant aus, da müssen wir hin.
„Einverstanden, wenn wir uns die Ruine ansehen?"
„Ja, das habe ich mir eh auch gedacht."
„Machst du fleißig Fotos? Es sieht nämlich alles so spannend aus, falls wir hier wieder rauskommen, wird das der Brüller!"
„Ja mach ich!"
Sie wirkt sehr verlassen und gespenstisch. Treten wir mal vorsichtig ein, mit der Hoffnung allein zu sein. Die Tür knirscht lautstark. Der Boden knackst. Ansonsten ist es still. Ein leichter Wind fährt mir gerade durch die Nase. Etwa ein Geist? Nur nicht grübeln.
„Es fühlt sich falsch an hier zu sein, aber sehr abenteuerlich. Als ob ich nochmal 15 wäre und einfach zu neugierig und gar furchtlos bin."
„Ja da hast du recht, aber was solls, es kann uns ja nichts passieren, außer zu sterben, haha."
„Ja sehr witzig, haha. Dein Humor ist echt genial!"
„Haha danke."
Ich spüre irgendwie eine Anwesenheit, von wem auch immer. Vermutlich spukt es. Wir sind wohl in einem Horrorfilm gelandet. So schnell kann eine Romanze also enden. Echt traurig eigentlich. Eine Menge an Spiegeln hängen an der Wand. Der eine hat keinen Rahmen, der andere einen Goldenen und der nächste einen aus Silber mit mittel-

alterlichen Verzierungen. Die haben sicher eine Bedeutung, aber zu unsrem Bedauern, wissen wir nicht welche. Wäre interessant, einen Spiegel durchschreiten zu können, das wäre ein mysteriöser Weg zurück ins Jenseits. Große Wandschränke stehen auch überall. Alles ist verstaubt und von den Fäden der Spinnen durchzogen. Ah! Eine Fledermaus ist mir gerade durch die Haare gewuschelt. Es wimmelt nur so von Viechern. Die Wände sind sehr kaputt, haben vereinzelt Schimmel und es handelt sich um diverse Brauntöne. Der geräuschhafte Boden ist schwarz wie Ebenholz und hat vermehrt Löcher.
Bella ist echt tapfer für eine Frau, obwohl sie meinte, sie hätte Angst. Sie stolziert sehr selbstbewusst durch dieses Gebäude, falls man es noch so nennen kann. Mit so einem Abenteuer hätte ich niemals gerechnet, auch wenn mir bewusst ist, dass es sehr schlecht für uns ausgehen kann. Da ist eine Leiter, die müssen wir fast hochklettern.
„Denkst du das gleiche wie ich?"
„Vermutlich."
Diese Leiter sieht sehr instabil aus, sie darf nur nicht durchbrechen. Sie knackst schlimmer als der Grund des Hauses und bei jedem Schritt gibt sie etwas nach. Hier oben ist es noch finsterer, doch für das haben wir eine Handytaschenlampe. Viele kleine Käfer füllen die Flächen. Eine tote Ratte wird gerade von ein paar Fliegen und Maden besiedelt, es stinkt bestialisch. Ich fühle mich dem Tod schon nahe. So viel Adrenalin hatte ich noch nie zu vor. Zwei halbzerfressene Mäuse lungern auch auf einem Brett herum. Robin wirkt ebenfalls ziemlich angewidert.
„Eigentlich wären wir noch in der Therme und wir könnten uns morgen einen schönen Schitag machen, aber so wird das nichts."
„Ja das ist sehr schade. Wir müssen trotz der Umstände positiv bleiben. Vielleicht finden wir irgendwo eine warme Wasserquelle und Schnee, damit wir zumindest ein Gefühl gleich wie in Alaska haben."
„Das wäre klasse. Hoffen können wir ja."
„Hey da hinten ist eine große Kiste, sieht aus wie eine Schatztruhe, willst du rein sehen?"

„Guter Vorschlag, solang uns nichts entgegen springt Bella, haha."
„Ach nein."
Die Truhe ist schwer zu öffnen, es hängt ein Schloss davor, zum Glück habe ich eine Haarnadel in meinem Dutt, um das Schloss zu knacken. Geschafft. Der Deckel ist wahnsinnig schwer. Noch ein Ruck und jetzt ist sie endlich komplett offen. Ein Buch, Schmuck und viele Tücher befinden sich in ihr. Das Buch könnte uns noch am Ehesten helfen. „Das Auge" steht vorne auf dem Cover, soweit ich es entziffern kann, da es schon sehr vermodert ist. Die erste Seite fliegt mir auch schon entgegen. Ich lese mal vor:
In Gedenken an alle mit der Gabe der Augen, die hier ums Leben gekommen sind und kommen werden, wenn sie dieses Buch gefunden haben. Niemand ist je zur Erde zurückgekehrt, denn unser Geheimnis muss bewahrt werden. Es gäbe nur einen Weg und dieser ist zu schwer für alle Sterblichen. Um die Leser dieses Schriftstücks ein wenig Zufriedenheit zu geben, ja es liegt an deinem Auge, dass du diese Dinge siehst, aber diese Gabe ist sehr gefährlich und beglückt dich nur solange du nicht hier bist. Jetzt ist es zu spät. Genieße die Zeit, wir trauern um dich.
Das ist schrecklich, aber netter niedergeschrieben, als Jade es mir mitgeteilt hat. Das es an unsrem Auge liegt, haben wir uns schon gedacht seitdem ich in Finnland bei Diana, John und ihren Kindern war, aber das Rätsel warum ausgerechnet wir und wie das zu Stande kommt, wissen wir immer noch nicht. Ob wir es jemals wissen werden? Es lässt mir keine Ruhe. Kommen wir hier wieder raus? Ich möchte nicht hier sterben. So viele Fragen die ich habe. Keine Antwort. Keine Lösung. Wo sind wir überhaupt? Nicht einmal das haben sie uns zu gezwitschert. Angsteinflößend diese Situation. Das Buch müssen wir komplett lesen, es wird uns Antworten geben.
Die Macht der Leben von Estell ist Furcht geboten. Wie und weshalb diese grausame Gabe verteilt wird, ist auch für unsre Bewohner ein Rätsel. Dieses Buch gibt fortlaufend Tipps, dennoch hat es nicht einmal

der Verfasser geschafft es aufzudecken. Viel Glück bei der Suche und ruh in Frieden
Es ist geschrieben, als ob ich jeden Moment ums Leben kommen könnte, wenn ich noch einen weiteren Satz lese. Die Hinweise in dem Buch werde ich wohl auch überfliegen müssen, auch wenn bis jetzt jeder damit zur Verzweiflung gekommen ist. Ich bin so fertig, ich kann nicht mehr klar Denken.
„Robin? Magst du weiterlesen? Mir wird das zu viel."
„Sicher, leg dich am besten hier auf meinen Schoß, nicht dass du auch noch ohnmächtig wirst."
„Dankeschön."
„Wenigstens wissen wir jetzt, dass wir in Estell sind."
„Ach ja genau, das ist mir gar nicht mehr aufgefallen beim Vorlesen."
Es befindet sich in der Ruine in der Spiegelkammer eine Karte, es wird dein wichtigstes Mittel, um eine lange Zeit überleben zu können.
Geh so schnell es dir gelingt weg von hier zum Wald der Klänge. Dieser wird dich beruhigen und dir Zeit zum Denken verschaffen.
„Geht's dir schon besser? Wir müssen die Karte suchen."
„Ja geht schon, machen wir uns auf den Weg. Ich glaube, wir müssen dorthin, wo wir hereingekommen sind, da warten viele Spiegel auf uns."
„Stimmt."
Die beschädigte Leiter wieder runter und alles ruhig angehen, sonst werden wir nie fündig. Wir müssten gleich da sein. Aber bei welchem Spiegel sollen wir suchen? Da sind hunderte. Entweder hinter einem oder in einem versteckt, oder das Buch hat uns belogen, wer weiß das schon. Wir haben uns im Raum aufgeteilt, um zu suchen. Ich nehme mir zuerst den zart Verzierten in Gold vor, er strahlt so geheimnisvoll, als hätte er was verborgen. Robin ist bei einem in Silber mit renaissanceartigen Schmückungen.
Bis jetzt haben wir noch keine Spur, das kann noch ewig dauern. Die Suche geht weiter. In diesem Eck ist auch nichts. Langsam wird's echt langweilig hier. Aua! Ich habe mir den Fuß bei einer Erhebung am Bo-

den gestoßen. Moment... ist das ein Griff? Eine Falltür? Die muss ich unverzüglich öffnen! Ziemlich laut und starr, aber funktioniert. Eine Treppe nach unten. Ob uns die weiter helfen wird?
„Komm Robin, es könnte eine heiße Spur sein!"
„Klasse, dass du die gefunden hast!"
„Auch nur, weil ich fast gestolpert bin, haha."
„Ist ja nichts passiert!"
Beängstigend da runter zu schlendern. Die Stufen gehen echt weit nach unten, als ob sie nie enden würden. Wie der Wirbelsturm im Wasser. Okay nein, hab mich geirrt. Da ist ein Ende in Sicht. Dieses Zimmer ist niedrig, aber sehr geräumig. Die Wände sind weiß und es wirkt nicht so alt wie das obere Stockwerk. Es sieht freundlicher aus. Bestimmt wieder nur eine Täuschung. Was ist hier schon freundlich? Niemand. Also niemand, den wir bis jetzt getroffen haben.
Ein Kasten steht in der Mitte. Ich öffne ihn. Ein ovaler Spiegel hängt darin, das sieht viel versprechend aus. Vorsichtig trete ich ein und versuche rund um den Spiegel etwas zu finden. Da ist ein kleiner Zettel. Ich lese mal wieder vor:
Bist du auf der Suche nach der Karte? Dann bist du fast richtig. Werfe einen Blick in die Schublade, sie wird dir weiter helfen.
Welche verdammte Schublade? Ich sehe keine...oh ups, da hinten. Ich sollte mich nicht immer gleich grundlos aufregen. Wieder ein Zettel:
Die Karte befindet sich hier. Du musst nur logisch handeln.
Die wollen mich alle verarschen. So ein Mist.
„Robin? Siehst du mal nach in dieser Lade? Ich sehe nichts."
„Klar gerne."
Bella hat recht, da ist nur der Zettel. Irgendwo im Gestell, wo die Lade drinnen ist, muss es sein.

– nach langen zehn Minuten –

„Bella! Bella sieh her! Da ist die Karte!"
„Sieht ein bisschen aus wie die Karte des Rumtreibers aus Harry Potter, nur sehen wir zum Glück auch ohne Zauber alles."
„Ich habe keinen Plan was du da redest, aber wird schon stimmen, haha."
„Wenn du Harry Potter nicht kennst, wirst du es auch nicht wissen."
Eine weiße alte Karte, alles ist in schwarz geschrieben. Da ist auch schon der Wald der Klänge gekennzeichnet.
„Willst du dich gleich dorthin auf den Weg machen?"
„Ja."
Draußen wieder angekommen schneit es plötzlich. Das mit dem Schnee von Alaska war gar nicht so abwegig. Das Problem, das wir jetzt haben, wir tragen noch immer kein Gewand.
„Hey Bella, es sieht aus wie kalter Schnee, ist es aber nicht. Komm mal unterm Dach raus, du wirst es lieben!"
„Hä? Na gut..."
Das ist Zuckerwatte. Sehr lecker! Hoffentlich vergiften wir uns nicht, wenn wir sie essen. Sie schmeckt einfach ausgezeichnet! Bei genauerem Betrachten ist sie eh nicht weiß. Wie ich soeben festgestellt habe, ist es ein ganz zarter rosa Ton.
Laut diesem Wegweiser haben wir nicht weit zu laufen. Schritt für Schritt. Wir machen uns keinen Stress. Die Landschaft ist echt schön. Die Wiese ist perfekt, wie frisch gepflanzt. Viele Blumen schmücken das Grün. Veilchen, Gänseblümchen und einige in Blau, die ich nicht kenne. Soweit mein Auge reicht, könnte das da hinten der Anfang des Waldes sein.
„Siehst du das auch?"
„Meinst du den Waldanfang?"
„Ja genau den. Es könnte der Richtige sein."
„Bestimmt."
In ein paar Meter sind wir auch schon dort angekommen.

Der Wald der Klänge – 12

Es glitzert und funkelt. Klänge, wie von einer Klangschale berühren sanft unsere Ohren. Ein Spiel der Violine ist auch dabei. Das Buch hat uns nicht zu viel versprochen. Relaxen pur. Wir beide sind schon komplett dreckig auf der Haut, aber kalt ist uns wenigstens nicht. Wir suchen uns als nächsten ein gemütliches Plätzchen und machen mal eine Pause. Die Zeit zu zweit genießen ist ein Privileg. Trotz Erde und Staub.

– nach kurzer Auszeit –

„Wie machen wir weiter?"
„Wir müssen die nächste Seite im Buch lesen."
„Stimmt."
Nach Entspannung mit den Klängen kannst du hier nach Hinweisen suchen, ich habe keine gefunden. Der nächste Hinweis wäre sonst die Höhle aus Steinen. Achtung, man kann sich leicht verirren. Viele Leichen sind schon dort. Es ist dir selbst überlassen, aber ein geschickter Sucher, könnte es nach tausenden Jahren aufdecken, sonst lässt du dein Leben, wie schon oft gesagt, einfach da.
„Alles ist so dramatisch geschrieben. Wo willst du jetzt suchen?"
„Beginnen wir einmal hier und wandern erst danach in die Höhle?"
„Machen wir."
Ein Eichhörnen spielt auf einer mini Geige eine Komposition von Mozart. Süß. Der Boden ist aus Sand. Die Bäume sind abwechselnd Smaragdgrün und Rubinrot. Blätter fallen ununterbrochen herab. Marienkäfer krabbeln auf den Blumen. Die Zuckerwatte rieselt nach wie vor vom Himmel, aber es wird immer weniger. Manchmal ist es laut, im nächsten Moment wieder ganz leise. Betäubende Lärm. Unfassbare Stille. Sehr seltsam.
„Ist dir schon etwas aufgefallen?"

„Nein leider. Wir sollten noch ein wenig weitersuchen."
„Von mir aus."
Da ist eine fußballgroße Ausgrabung. Da schmökern wir mal rein. Vergebens. Nur Regenbogenameisen. Wir marschieren fort. Ein Loch im Baum. Da sitz eine kleine Eule mit Magenta gefärbten Augen, ein Auge ist halb hellgrün. Sie sitzt auf einem Stück Papier. Ich fasse mal vorsichtig hin. Au! Sie hat mich gebissen, aber ich habe den Zettel.
Diese Eule sitzt immer da, sie bewegt sich nicht vom Fleck. Sie hat auch ein anderes Auge, aber sie stellte mir trotzdem keine Hilfe da.
Ob die Eule sprechen kann? Hallo? Verstehst du mich? Keine Antwort. Das Tier wird uns auch nicht weiterhelfen können. Jammer schade. Wir müssen weiterziehen. Für einen bissigen Uhu hab ich keine Geduld! Es ist hier nicht mehr recht spannend.
„Robin, wie weit ist die Höhle denn weg? Hast du schon nachgesehen?"
„Nein habe ich noch nicht, ich betrachte gerade diesen faustgroßen Stein. Er kommt mir eigenartig vor."
„Lass mal sehen. Da steht ein Buchstabe, oder eine Zahl. Ich kann es nicht entziffern. Es könnte ein M oder eine Drei sein."
„Oder eine Acht. Gute Frage."
„Gib mal her. Hm...für einen Stein in dieser Größe ist er recht leicht. Ich versuch in zu zerschlagen auf diesem Baumstumpf, er kommt mir so hohl vor"
Viermal habe ich nun schon draufgeschlagen. Eine minimale Delle ist entstanden. Es könnte mehr werden. Noch ein Versuch. Und noch einer.
„Probiere du mal, du bist stärker."
So dann versuch ich in zu zerschmettern. Auf Drei. Eins, Zwei und... Drei! Eine größere Delle. Da muss sich was verbergen. Nochmal. Ein Loch! Da kann ich sogar hineingreifen. Eine Münze? Nein. Ein Anhänger für eine Kette könnte es sein. Es ist kreisrund, ein Dreieck ist aufgezeichnet und in der Mitte ist ein M eingraviert. Nett.
„Bella du trägst eine Kette um den Hals, willst du dieses Amulett vorrü-

bergehend dazu hängen?"

„Ja ich kann es dazu geben, solange es mir nicht schaden wird. Für den anderen Fall, das merken wir erst später, haha."

„Im Notfall reiß ich es dir ab um dich zu retten."

„Wie ein tapferer Ritter hörst du dich an, hihi."

Den Stein, oder so ähnlich, haben wir zurückgelassen. Nun geht unsere Reise weiter.

„Guck auf die Karte! Wo ist die Höhle?"

„Jaja, mach ich schon…die ist ebenso nicht weit weg. Estell ist nicht groß. In Richtung des großen Felsens müssen wir."

„Passt, Abmarsch!"

Felsbrocken umgeben unsre Beine. Eine holprige Angelegenheit. Es kann sich nur mehr um Stunden handeln.

Die Höhle – 13

Wir sind angelangt am Eingang. Dunkelheit. Tropfen. Rauschen. Geruch von nassem Gestein. Der Akku des Handys ist auch fast leer. Unsre Augen müssen sich erst gewöhnen, um genug sehen zu können. Enge Gänge. Fledermäuse. Spinnen.
„Gut, dass ich klein bin, jetzt habe ich es leichter."
„Ja das kannst du laut sagen, ich habe das Glück nicht."
Der Gang wird breiter. Er teilt sich nun in drei Stränge. Welchen sollen wir nehmen? Was wenn wir den Falschen auswählen? In dieser düstern Höhle, will ich nicht mein letztes Stündchen haben.
„Welchen Weg, empfindest du für vernünftig?"
„Naja, wir sehen beide nicht viel, viele sterben hier, also müssen wir das Zufallsprinzip entscheiden lassen."
„Den mittleren Gang?"
„Hätte ich auch gewählt."
Er wirkt sehr schmal, aber höher als die anderen. Alles ist leicht mit Wasser überzogen. Es wird immer kälter. Ein T-Shirt würde uns schon viel weiterhelfen, aber wir haben keine Wahl. Wir dürfen uns nur nicht verletzen, es ist ja ohnehin schon fast unser Ende, es muss nicht noch schneller gehen. Es ist rutschig. Kleinere Steine liegen um uns herum. Es zieht sich auf langen Schritten ewig gerade hin. Ich bin erschöpft. Ich vermisse Schlaf und einen warmen Raum in einem Haus.
„Robin? Ich bin fix und fertig. Ich glaube, ich muss mich mal hinsetzen und kurz die Augen zu machen."
„Das gleiche hab ich mir auch gedacht. Gemütlich ist es nicht, aber das wird schon. Kuscheln wir uns einfach zusammen, wir werden es überstehen."
„Ja das freut mich. Dann gute Nacht!"
„Schlaf gut!"

– nach zwei Stunden im Träumer Land –

Ich könnte erfrieren. Wir sind in dieser Höhle? Ich habe gehofft, ich hätte nur geträumt. Robin schläft noch fest. Mir tut alles weh, vor allem mein Rücken und Kopfschmerzen plagen mich auch noch. Die Nässe lässt mich noch mehr erbittern. Dieser Albtraum soll endlich aufhören! Wie habe ich das nur verdient? Ich war doch nur neugierig. Muss das so hart bestraft werden? Ich möchte doch nur zurück auf die Erde, wo alles gut gelaufen ist. Ich will einfach weiterreisen, zusammen mit Robin. Es macht mich traurig. Diese Situation überfordert mich. Niemand weiß davon, außer natürlich Michael, aber dem war es auch egal. Ja schön und gut, er glaubt an uns, aber was haben wir davon? Nichts. Nicht mal einen feuchten Händedruck kann er uns geben. Ich fühle mich verflucht. Ignoriert von der Welt und allein gelassen. Robin ist zwar dabei und ich könnte mir keine bessere Gesellschaft vorstellen, aber er hat es auch nicht verdient. Er ist so ein guter, warmherziger, attraktiver Mann.
Hunger bekomme ich auch schon. Mein Magen knurrt. Wir sind jetzt schon locker zwei bis drei Tage in Estell. Mein Zeitgefühl ist zerstört, aber so circa wird es schon stimmen. Ich muss mich jetzt mal ein bisschen bewegen. Robin schläft weiterhin. Einmal kurz recken und strecken. Meine Knochen geben seltsame Laute von sich. Ein paar Schritte werde ich nach vorne gehen um wieder fitter zu werden, ich darf Robin nur nicht aus den Augen lassen. Der Gand wird weiter, eventuell teilt er sich wieder. Das muss ich sehen, ihm wird schon so lange nichts passieren. Das Wasser ist hier etwas mehr. Ich muss besser aufpassen, dass könnte unschön ausgehen, aber ich will unbedingt weiter. Meine Neugier lässt nicht nach. Was ist das? Ein Abgrund? Interessant. Wie aus den nichts ist er da. Was zum? Nein! ahh! Nein! Ich rutsche, ich rutsche hinunter! Ich kann mich nicht halten! Hilfe! Hilfe! Rumps. Au, ich habe mir den Kopf gewaltig gestoßen. Wo bin ich gelandet? Ich bin mindestens zehn Meter gefallen. Robin schläft noch, was soll ich machen? Ro-

bin? Hörst du mich? Ich bin hier unten! Hilf mir! Bitte! Ich bin verletzt, meine Ellbogen sind komplett blutig und auf meiner Stirn wächst schon eine Beule. Ich bin kurz vorm Heulen. Ich sitze in der Falle, es führt von da kein Weg fort.
Die Augen langsam aufmachen. Mir schmerzt alles am Körper. Moment, wo ist Bella? Ist sie abgehauen? Hat sie jemand mitgenommen? Bella? Kannst du mich hören? Wo bist du? Hilfe!
„Robin ich bin hier! Hier unten! Ich wollte nur ein paar Schritte gehen und bin gefallen! Hilf mir!"
„Du lebst! Sehr gut! Sag noch mal was, damit ich dich finde."
„Hier bin ich!"
„Ach du meine Güte, du bist wahnsinnig tief gefallen! Hast du dich verletzt?"
„Ja, ich hab mir den Kopf gestoßen und ich blute stark bei meinen Ellbogen, aber es ist auszuhalten."
„Du Arme! Warum musst du auch ohne mich los gehen?"
„Ich wollte nur kurz aufstehen und mich ein wenig bewegen, aber ich war neugierig und dachte, ich sei gleich wieder zurück."
„Wir müssen dich hier irgendwie wieder hochbringen. Die Wand ist ziemlich glatt, oder?"
„Ja leider, ich kann es nur probieren, ob ich hochkomme."
„Du schaffst das, sobald du weit genug bei mir bist, schnappe ich mir deine Hand und zieh dich weiter rauf!"
„Ich gebe mein Bestes!"
Das ist eine mutige Herausforderung, aber ich muss wohl. Ich suche nach einem Griff, bei dem ich zum Klettern anfangen kann, das wird aber sehr schwierig. Ein ganz kleiner Halt ist da. Tja, kann auch schon helfen. Den Anfang habe ich geschafft, aber ich tue mir sehr schwer, mich zu halten. Es ist so kalt und glitschig. Meine Finger pochen. Mein Herz schlägt mir bis zum Hals. Was wenn ich wieder abstürze? Breche ich mir dann was? Falle ich auf den Kopf? Sterbe ich? Ich darf nicht daran denken, sondern mache jetzt einfach weiter. Fast abgerutscht. Erst

drei Meter habe ich zurückgelegt. Robin feuert mich an, das baut mich auf. Ich stecke in der Klemme. Wo soll ich hier weiter? Da rutsch ich ja sofort ab. Kurze Pause. In mich gehen. Neue Strategie. Weiter. Immer weiter. Erst vier Meter. Ah...nein! Nein! Es geht nicht! Rumps! Wieder zurück. Ich bin zumindest auf meinem Po gelandet und hab mir nicht noch mehr weh getan. Ein bisschen rasten und dann starte ich erneut.

– nach 15 Minuten –

„Bella, schaffst du einen zweiten Anlauf?"
„Ich werde mich bemühen."
Ich beginne wieder an derselben Stelle, das hat funktioniert. Weiter oben muss ich dann die andere Richtung nehmen, um nicht wieder zu entgleiten.

– nach den gleichen vier Metern –

Nun heißt es Acht geben. Wo soll ich hin? Probieren wir mal das. Und zack! Der kleine Sprung hat geklappt! Mein Puls ist so schnell. Ich möchte nicht wieder ins Schleudern kommen. Die Hälfte habe ich hinter mir. Robins Hand ist noch zu weit weg. Mir bleibt die Puste weg. Ich muss nach oben. Ich darf Robin nicht allein lassen. Er hat verletzte Knie und ich will außerdem noch eine schöne Zeit mit ihm haben. Ich kralle mich gewaltig in der Wand fest. Höllische Schmerzen, aber es funktioniert! Zwei Meter noch. Seine Hand kommt immer näher. Bitte ziehe ich ihn nicht wieder mit runter, dann haben wir noch ein größeres Problem, niemand könnte Hilfe holen, wobei es ist hier sowieso relativ. Der Grip in meinen Händen lässt immer mehr nach. So kurz vorm Ziel, darf mir der gleiche Fehler nicht noch einmal passieren. Es heißt jetzt zusammenreißen! Oben mache ich dann eh eine Rast. Eineinhalb Meter noch. Jeder Zentimeter wird härter und intensiver. Eine wahre Qual. Der letzte Meter. Gleich habe ich seine Hand.

„Bella, greif nach meiner Hand, es müsste sich gleich ausgehen!"
„Sofort, aber ich habe Angst zu fallen, falls meine andere Hand den Geist aufgibt. Meine Kräfte sind am Ende!"
„Sei geduldig, du stehst das durch!"
„Mir kommen die Tränen, ich hatte noch nie so viel Angst!"
„Du schaffst das! Ich brauch dich hier oben, wir meistern das nur zu zweit, du musst es schaffen! Sei nicht ängstlich, du hast es bald!"
„Ich schaff keinen Millimeter mehr!"
„Bleib kurz da, wo du bist, dann geht's leichter wieder weiter!"
„Okay!"
Einmal noch stark sein. Und los! Sein Arm scheint zum Greifen nah, ich trau mich nur noch nicht. Ein bisschen noch. Ein Ruck und…ja! Ich hab ihn! Er ist so stark, er zieht mich wirklich fast komplett hoch, das schont mich sehr.
„Vielen Dank Robin! Du hast mich gerettet!"
„Ich würde dich niemals im Stich lassen, da gebe ich dir mein Wort!"
„Ich dich auch nicht!"
„Willst du dich hinlegen?"
„Ja bitte, ich bin so K.O."
Bei ihm eine Rast einzulegen, ist das Beste was mir passieren konnte. Ich fühle mich wie frisch verliebt.
„Geh bitte nie wieder ohne mich los, du kannst mich auch gern wecken, falls ich schlafe."
„Nein mach ich nicht. Jetzt bin ich eh viel zu verschreckt. Danke."
„Passt. Wir kennen uns noch nicht lange, aber du bist mir so wichtig geworden in den letzten Tagen."
„Du mir auch Robin, so eine Bindung habe ich noch zu niemanden gehabt. Ich hoffe nur wir überstehen unser Abenteuer."
„Schön das zu hören. Bestimmt!"
Unser Höhlentrekking muss jetzt wieder starten. Wir tragen keine Kleidung und haben nichts zum Essen und Trinken haben wir nur das grausame Höhlenwasser. Wir müssen hier dringend wieder raus, bevor wir

mit unserem Leben bezahlen.
Der Weg führt nun um die Ecke, die Ecke, an der ich in den Abgrund gestürzt bin. Robin ist süß, er hält mich fest. Ist aber auch echt gut so, nicht dass ich nochmal unten lande. Es wird wieder enger. Eine schmälere Fläche zum Gehen. Links und rechts ist jeweils ein 20 Zentimeter breiter Abstand zur Felswand. Nur nicht mit dem Fuß stecken bleiben.
„Bella, bitte pass auf! Ich mach mir Sorgen!"
„Das ist süß, aber so tollpatschig bin ich nun auch wieder nicht, haha!"
„Nein, glaub ich dir eh, haha!"
„Veräpple mich nicht!"
„Ich doch nicht, haha."
In der Ferne kann ich erkennen, dass sich der Weg wieder teilt, dieses Mal aber in fünf Areale, schon viel. Welchen sollen wir da nur nehmen? Wir finden nie wieder raus!
„Robin was meinst du?"
„Nehmen wir wieder den Mittleren? Sonst verlaufen wir uns noch auf dem Weg nach Draußen."
„Schlau. Da willige ich ein!"
„Ausgezeichnet!"
Endlich keine düstere Tiefe mehr neben uns. Aber ich muss nach wie vor vorsichtig sein, wer weiß, der Boden unter uns könnte jederzeit brechen. Ich muss ab diesem Moment immer vom Schlimmsten ausgehen, haha.
Seltsame Kreaturen, so klein wie ein Vogel, schweben um unser Hörorgan. Es ist fast toten still, aber man hört ein ständiges Echo, wenn wir uns unterhalten.
„Ich wollte schon immer mal eine Höhle erforschen, ich hätte es mir nur anders vorgestellt, haha."
„Ja darüber hab ich auch schon nachgedacht. Eher eine geführte Runde mit Sicherheitsausrüstung."
„Ja stimmt, aber so ist es etwas Besonderes."
„Ja etwas besonders Gefährliches!"

„Haha, ja!"
In meinen Haaren hängen schon viele Spinnennetze, ein Dutt ist das auch schon lang nicht mehr, eher halb offen. Ich muss ja aussehen wie ein wild gewordener Gorilla, aber Robin mag mich trotzdem, also halb so schlimm. Die Kälte bin ich jetzt auch schon gewohnt. Aber der Hunger lässt mir keine Ruhe, wenn wir uns noch länger hier aufhalten, müssen wir eines von den Tieren essen, grillen wäre ja in Ordnung, aber roh ist es meiner Meinung nach besser, wir verzichten, sonst sterben wir noch wegen dem Fleisch. Hab gehört, das soll sich nicht so gut vertragen. Es muss eklig schmecken.
„Bist du auch am Verhungern, Bella?"
„Ja monstermäßig am Verhungern! Aber ich denke, wir bringen hier unmöglich ein Feuer zusammen und die Viecher roh zu essen, ist keine schlaue Idee."
„Ja leider hast du recht, lange können wir hier nicht mehr verweilen, sonst schaffen wir es nicht. Ich möchte nicht eine von den vielen Leichen hier sein."
„Ich auch nicht, ich glaube, da wo ich gefallen bin, waren eh Reste von einem Skelett, aber in diesem Schockmoment, habe ich gar nicht darauf geachtet."
„Ja das verstehe ich gut, das werden sicher nicht die letzten Knochen sein, die du hier gesehen hast."
„Höchstwahrscheinlich nicht."
Die Umgebung ist sehr eintönig, durch ein Wunder könnte es sich noch ändern und wir könnten Hinweise finden. Wobei ehrlich gesagt ist es mir mittlerweile egal, ich will nur einen Weg zurück nachhause.
Bella sieht gar nicht mehr glücklich aus, aber ich verstehe ihrer Panik. Ob Rätsel aufgedeckt oder nicht, hier will ich auf keinen Fall versauern! Die blöde Höhle soll uns jetzt endlich was zeigen, damit wir gehen können. Es nervt!
„Willst du hier noch lange suchen, Liebes?"
„Nein grundsätzlich nicht, aber gehen wir noch bis zur nächsten Kreu-

zung, oder was uns sonst noch erwarten könnte."
„Ja, das schaffen wir noch, aber dann wäre ich für umdrehen."
„Passt."
Es scheint endlos, zwei Stunden lungern wir hier herum. Es zieht sich dahin. Ein paar Knochen und Käfer bekommen wir zu sehen. Das wars dann auch schon wieder.

Eingesperrt – 14

Locker eine halbe Stunde ist wieder vergangen und es hat sich noch nichts geändert. Erschöpft und halbtot wandern wir weiter ins ewige Nichts. Leise Geräusche ertönen in meinen Ohren, aber auch nichts Faszinierendes.
„Sei mal kurz leise Bella, hörst du das auch?"
„Ja, aber das ist nicht so ungewöhnlich finde ich. Stapfen wir einer weiter."
„Nein ich finde es hört sich an, als ob gleich etwas auf uns einstürzt."
„Für das ist es viel zu leise. Wobei es immer ein wenig lauter wird."
„Eben. Wir müssen hier verschwinden."
„Ja okay, drehen wir um."
Es wird immer dumpfer. Schwerer. Der Ton steigt von Sekunde zu Sekunde. Ich kann nicht einschätzen, von wo es kommt. Wie ein Erdbeben in den Filmen. Es wird extremer, intensiver und lebendiger.
„Lauf! Ich habe das Gefühl wir verlieren bald! Renn um dein Leben!"
„Oh mein Gott! Ich kriege die Krise! Ich laufe ja schon!"
Ob das die richtige Richtung ist? Wir rennen, nein wir sprinten in Bestzeit zum Ausgang, aber wir sind viele, viele Stunden mühsam gewandert und gekrochen, wie sollen wir das hinkriegen? Egal. Einfach schnell, aber mit sicherem Tritt!
Ach du Schande! Ich sehe Steine in kurzer weite fliegen! Wir müssen stehen bleiben! Verdammt! Es kommen immer mehr, wie sollen wir da je wieder vorbeikommen? Mist! Langsam, aber sicher wird unsere letzte Möglichkeit verschossen. Große Felsbrocken brechen herab. Wir können uns glücklich schätzen, dass wir zum rechten Zeitpunkt stehen geblieben sind und nicht zertrümmert wurden, es wäre ein grausamer letzter Bissen. Es hört nicht auf, bis zur Decke wird auch das letzte Loch zugeschüttet. Eine Fledermaus musste soeben auch daran glauben. Es sah schrecklich aus. Die ganze Höhle ist ins Beben gekommen, ein

unfassbares Wunder, dass wir noch hier sein dürfen. Wir sind beide komplett erstarrt und halten uns einfach nur fest. Es tobt nach wie vor. Gefühlte Stunden sind vergangen, es waren aber nur wenige Minuten. Letzte Stücke bauen sich von den Seiten ab. Nach langem Warten beruhigt es sich wieder. Es ging alles so schnell. Wie konnten wir das nur zulassen? Wir sind schon viel zu lang hier, es musste was passieren. In diesem Universum sind wir bis jetzt noch nie in Sicherheit gewesen. Wir hätten es erahnen können. Haben wir allerdings nicht. Noch nie war ich so besorgt um mein Leben. Um unser Leben. Ganz im Reinen ist unser Unterschlupf immer noch nicht, aber unser Weg ins Freie ist versperrt. Voll und ganz. Was sollen wir jetzt machen? Ich bin ratlos.
„Robin? Alles okay bei dir?"
„Ja, bei dir auch?"
„Ja geht schon. Was sollen wir jetzt machen? Wir haben doch keine Kraft mehr? Ich seit meinem Sturz schon gar nicht mehr."
„Ich weiß, ich habe noch ein paar Reserven. Möglicher Weise, kann ich uns ein Loch da durchgraben, ruh du dich erst mal aus."
„Sei vorsichtig!"
„Immer."
Es muss funktionieren. Bella hält es unmöglich noch länger hier aus. Ich auch nicht, aber ich bin nicht so stark verletzt wie sie. Ich muss eine krasse Wucht aufbringen, um da durch zu kommen. Es ist machbar, aber schwer. Nach und nach werden die Steine schwerer werden, aber ich darf mich nicht unterkriegen lassen.
Ich beginne zu Schuften. Meine Arme benutze ich wie eine Schaufel, später wie einen Hammer. Stein für Stein kämpfe ich. Es könnte ewig dauern. Die großen Felsen sind bleischwer in Bewegung zu bringen. Wenige habe ich schon geschafft, ich muss darauf achten, wohin ich sie rolle, denn ich darf unter keinen Umständen meine prachtvolle Dame verletzten, viel Platz ist hier nämlich nicht. Die kleineren Stückchen werfe ich grob zurück, die sind mir eher ein kleineres Problem. Es fühlt sich an, als ob ich nicht weiterkomme, obwohl ich schon viel Ballast

zur Seite getan habe. Neben mir entsteht bereits ein neuer Haufen, der einen niedrigen Gang der Höhle bereits verklemmen könnte. Meine Ballen sind wund, ich bekomme Blasen und blute. Das Atmen fällt mir nicht mehr leicht. Meine Knie sind wacklig.

„Robin mach mal eine Pause, ich will nicht das du tot umkippst!"

„Ja gleich, wir müssen hier raus!"

„Ja schon, aber halbigs lebendig. Seit bestimmt eineinhalb Stunden werkst du schon hier rum."

„Was?! So lange? Die Zeit verfliegt bei der ganzen Arbeit."

„Ich werde dir zu Seite stehen, allein geht das nicht. Mir geht es schon ein wenig besser. Deine Hände sehen gar nicht mehr gut aus. Setz dich hin."

„Du kannst das doch nicht allein machen."

„Doch kann ich fürs Erste sehr wohl."

„Na gut, ein wenig Rasten wird mir guttun."

So jetzt packe ich es an. Ich bin eine starke Frau, das geht schon! Und ho ruck! Ach du Schande, der ist ja massiv! Ich sollte mich vielleicht doch eher um die kleinen Dinge kümmern, die müssen auch weg. Dreck und Steine werfe ich zurück. Es wird nur mittelmäßig weniger. Das kriegen wir schon gebacken, bevor wir vom Fleisch fallen! Gutes Stichwort, da ist die erschlagene Fledermaus. Ekelhaft. Einfach weiter machen. Robin zählt auf mich. Also glaube ich. Eine halbe Stunde später ist der Anfang schon wieder fort. Mein Kopf schmerzt bestialisch, die Beule ist stark ausgeprägt. Es sieht alles andere als fantastisch aus, aber es geht hier um Leben und Tot. Aussehen spielt keine Rolle. Die Erschöpfung und Verzweiflung rücken wieder näher.

„Robin, bist du noch wach?"

„Klar, wollt mich nur ausruhen. Bei dir soweit alles klar?"

„Mäßig. Ich muss auch mal wieder Pause machen, war bestimmt wieder ne Stunde."

„Mindestens eine Stunde, ich habe auch gemerkt, wenn man sich selbst anstrengt, merkt man die Zeit kaum."

„Das kann ich mir denken. Viel weiter bin ich nicht gekommen, denn immer, wenn ich einen Stein entferne, rückt der nächste wieder nach."
„Ja war bei mir auch so, aber um Oben zu beginnen, sind wir zu klein. Aber siehst du? Ein kleines Loch hat sich an der Spitze gebildet, wir haben Fortschritte gemacht!"
„Klein ist übertrieben, nur minimal, aber du hast recht, positiv bleiben ist das A und O!"
„Ja auf alle Fälle! Komm, leg dich kurz zu mir, danach machen wir gemeinsam flott wieder weiter."
„Nichts lieber als das."
Nun liegen wir da. Auf versteinertem, kaltem Boden, in Bikini und Badehose. Komplett verdreckt und Blut verschmiert. Schmerzende Knochen. Schwache Muskulatur. Verzweifelt. Aber Arm in Arm unsterblich verliebt. Ein Holly Wood Drama würde ich sagen. Ausgehungert und Sterbens müde. Klar haben wir zwischen durch auch geschlafen, aber Grotten schlecht. Bei den Umständen kann es uns auch keiner verübeln, dass muss mal wer durchmachen. Okay nein, muss man nicht, nicht einmal meinem schlimmsten Feind würde ich das wünschen.
Ich bin froh, seine Hand halten zu können, in seinen Armen zu liegen und einfach seine Gesellschaft zu genießen. Meinem Traummann zu begegnen und dann kurz danach vor dem Tod stehen, tja damit habe ich nicht gerechnet, Niemand hat das. Ich finde keine Worte mehr, diesen Zustand zu beschreiben. Eingesperrt in eine Höhle. Was zum Teufel soll das?! Die Ereignisse krachen in Eile pausenlos aufeinander. Ich will nicht sterben! Ich will nicht meinen Löffel abgeben! Ich will leben! Ich bin noch viel zu jung für die letzte Stunde. Meine Uhr tickt. Sie darf nicht aufhören! Mein Herz muss weiter schlagen!
„Bist du wieder fit?"
„Ja, aber meine Gedanken machen mich fertig!"
„Ich weiß worüber du nachdenken musst. Ich tue das Gleiche, aber wir haben uns, oder? Wir haben es so weit gebracht. Du hast es immer so weit gebracht, bevor ich dabei war. Wir schaffen das!"

„Das ist echt nett, aber als ich allein war, ist mir noch so etwas widerfahren. Sicher gab es hin und wieder Turbulenzen, aber es war nicht dieses Ausmaß."
„Vollkommen egal, wir meistern das trotzdem. Ich bin mir sicher."
„Schon?"
„Ja."
„Dann machen wir jetzt weiter?"
„Und wie! Ran an den Speck!"
„Haha!"
Und so geht die nie endende Arbeit weiter. Mühselig. Verdammt zum Weinen. Nur negative Worte verlassen meine Lippen. Mein innerlicher Schrei hört nicht auf. Meine Ellbogen brennen zur Hölle.
-nach drei weiteren Stunden harter Arbeit-
Ich spüre meine Finger nicht mehr. Ich war noch nie so am Boden, aber Robin schafft es immer wieder mich aufzumuntern, obwohl er in der gleichen Lage steckt. Er ist ein positiver Mensch.
Der Turm wird immer niedriger, wir sind echt fleißig.
„Siehst du das Bella? Wir machen Fortschritte. Das haben wir alles nur mit unsrem Willen hingekriegt!"
„Ein traumhaftes Gefühl. Der Hammer! Was meinst du zu einer nächsten Pause?"
„Da bin ich dabei, auf zu unserem gemütlichen Plätzchen, haha."
„Mehr oder weniger, haha. Aber bei dir ist es immer erträglich, egal wie steinern der Grund ist."
„Das ist Musik in meinen Ohren, ich kann es nur von Herzen zurückgeben."
„*verzaubertes Lächeln*"
Erschöpft genießen wir die Härte unter uns. Der Schmerz ist inzwischen zu Gewohnheit geworden. Ich merke, wie Robin leidet, aber er redet nur stark und zielsicher neben mir. Ein richtiger Mann halt, aber er kann auch Schwäche zeigen, es wäre mehr als verständlich. Niemand muss in dieser Situation kräftig bleiben, es hat jeder verdient sich mal

auszuweinen, oder zumindest auszureden.

Seine anmutigen, breiten Schultern. Sein starker Körperbau. Sein entzückendes Gesicht und nicht zu vergessen, dieses zarte Lächeln! Ich weiß, ich habe schon zu oft von ihm geschwärmt, aber er ist einfach zu perfekt. Nicht nur sein Aussehen, seine Art ist wahrhaftig einzigartig.

Oh man, mein Kreuz schmerzt höllisch. Meine Beule drückt mich dumpf nieder. Meine Fingerkuppen sind völlig abgeschürft, die Haut ist durchgerieben. Kälte überkommt mich ständig. Ich kann an gar nichts mehr denken als immer an dasselbe. Schmerzen und Angst.

„Hey Bella, sieh mal, ich mach jetzt Höllenmalerei!"

„So kann man sich es auch erträglicher machen. Das ist echt süß!"

Er hat zwei Menschen mit einem Herz gezeichnet und B+R dazu geschrieben, richtig old school! Früher hätte ich mir auch immer jemanden gewünscht, der so kitschig ist, hihi. Das wäre natürlich im besten Fall nicht in einer Höhle gewesen, sondern eher auf einem Zettel oder eventuell noch auf einem Baum.

„Sollen wir wieder weiter machen?"

„Ja, es hilft eh nicht."

Oh man, ich hasse es. So wild habe ich mich schon lang nicht mehr anstrengen müssen. Ich kann die Steine und Felsen schon nicht mehr sehen! Oh, was ist das? Da schimmert etwas. Ich muss es haben! Schnell ausgraben. Fast geschafft. Es ist rosa. Wie schön, es ist ein Bergkristall. Ich muss ihn nur mehr vollständig aus dem Geröll rausholen. Er wirkt magisch.

„Robin, sieh mal was ich habe!"

„Der ist wunderschön, vielleicht hat er auch einen Nutzen."

„Ja das könnte sein, ich leg in daweil zur Seite, den dürfen wir nicht bei unsrer Flucht vergessen!"

„Ich werde dran denken."

„Danke."

Zu unsrem Ruheplätzchen werde ich ihn hinlegen, da sollte ihm nichts passieren.

– nach erneuter, langer Schufterei –

„Meinst du, kommen wir da schon durch?"
„Es wäre einen Versuch wert, was Schlimmeres kann uns eh nicht mehr passieren!"
„Verschrei das nicht, schlimmer geht immer hat mich das Leben in den letzten Tagen sehr genau gelehrt."
„Ja ich weiß, aber jetzt hab ich es auch schon ausgesprochen."
„Wird schon schief gehen!"
„Du sagst es!"
Das Amulett trage ich noch samt Kette um den Hals, den Kristall hat Robin in seine Hose eingesteckt, beim Bikini wäre das nicht so einfach, haha. Ab ins nächste Abenteuer, der Start zum Fliehen. Wir müssen gut klettern, um nicht wieder abzustürzen, wobei so könnten wir das Gestein möglicherweise weiter bändigen.
Auf Los geht's los! Nur nicht mit zu viel Eile, wir wollen uns nicht noch mehr verletzten. Jeder Tritt ist riskanter als der andere. Wir wissen nicht was auf der anderen Seite ist. Es könnte alles normal wie am Tag zuvor sein, jedoch könnte wieder ein neues Kapitel für uns anfangen. Ahnungslos schreiten wir fort.
Meine Füße sind schon schwer. Das Kraxeln ist gar nicht so einfach, wir gleiten ständig ab. Eine kleine Hürde haben wir hinter uns, aber noch lange nicht geschafft. Ich hoffe, wir passen da oben durch, so sicher bin ich mir da nicht. Robin ist mir einen Schritt voraus, aber er hilft mir, wo er kann.
Angekommen bei der Öffnung. Er lässt mich zuerst durch, da er größer als ich ist. Ich bin durch! Endlich! Jetzt nur noch Robin. Komm schon, du schaffst das!
„Bella es ist ziemlich knapp, nimm meine Hand und versuch zu ziehen, dann müsste es gehen."
„Ich werde alles dafür tun, um dich auf meiner Seite zu haben!"

Es schmerzt, aber ich muss ihn hier durchbringen! Und ziehen! Fester! Stärker! Und zack!
„Ja wir haben es geschafft! *ein dicker Kuss*"
„Danke Bella, du warst großartig!"
„Ach, das ist doch nicht der Rede wert. *verschmitztes Lächeln*"
„Machst du Witze? Ich weiß, dass du monstermäßige Schmerzen hast und trotzdem hast du mich gerettet, wenn ich da wieder zurückgefallen werde, dann hätte ich mich verletzt, ich hätte sterben können!"
„Das wäre der absolute Albtraum gewesen, natürlich wäre ich zurück geklettert und hätte dir geholfen, so wie du mir, als ich fast, naja du weißt schon. Möchte mich nicht mehr daran erinnern."
„Das weiß ich doch. Nein reden wir eher über das was wir jetzt schon geschafft haben!"
„Es macht mich echt glücklich. Wir könnten jetzt mal wieder auf die Karte sehen und ins Buch."
„Ja könnten wir, aber was sagst du dazu, wenn wir erst mal den Weg nach ganz draußen suchen und dann tief durchatmen?"
„Ach ja vergessen, haha."
„Komm, starten wir los, so weit kann es nicht mehr sein."
„Auf und davon!"
Bis jetzt hat sich nichts verändert, aber hier ist es ja wie eine tickende Zeitbombe, alles kann jede Sekunde anderes werden. Das Tageslicht haben wir schon ewig nicht mehr erblickt, wir werden sicher geblendet, wenn wir am Ziel sind.
Krabbeltiere sind zu genüge da. So wie immer ein kühles nass. Graue Töne, durch und durch. Dunkelheit.

– nach 30 Minuten Marsch –

„Sind wir bald da?"
„Woher soll ich das wissen? Du hörst dich an, wie ein Kind ohne Geduld, haha."

„Kann sein, dass ich früher genauso ein Mädchen war, haha."
„Ja ich war auch so ein Junge, ich glaube in der Kindheit hat niemand Geduld."
„Ja eher selten, aber sie sind süß."
„Ja find ich auch."
Ich freue mich schon so, wenn wir draußen sind, dann ist es endlich wärmer und vielleicht finden wir einen Bach oder einen See, um uns das Blut und den Dreck abwaschen zu können. Essen brauchen wir auch, nur wo wir das her kriegen, ist eine gute Frage. Wenigstens ist uns die Möglichkeit im Freien viel eher gegeben, um ein Feuer zu machen, Tiere zum Grillen sind auch genug da. Was will man mehr? Naja, soweit müssen wir erst mal kommen.

Da vorne teilen sich wieder die Wege, zu unserer Sicherheit haben wir immer den mittleren genommen, das war eine gute Entscheidung, außer es hätten sich die Wege verschoben, wer weiß, irgendwie kommen wir schon raus, selbst wenn es sich in einen Irrgarten verwandelt hat.
„Siehst du das? Da ist ein Licht, es könnte das Jenseits sein!"
„Ja ich sehe es! Ich könnte vor Freude springen!"
„Laufen wir lieber vor Freude schneller dort hin!"
„Wer als erster draußen ist!"
„Abgemacht!"
Und da rennen wir um die Wette. Glücklich. Erleichtert. Halb tot. Bald bin ich da, Robin ist nah dran an mir, aber ich scheine zu gewinnen. Es wird immer heller, bald werden wir wieder Grünes sehen. Und Endspurt! Moment? Es ist erleuchtet, aber da ist keine Außenwelt. Wir befinden uns noch immer in dieser Grotte. Was soll das? Eine Fata Morgana? Halluzinieren wir?
„Robin?"
„Bella? Siehst du das gleiche wie ich?"
„Dieselbe Höhle wie vorhin, nur mit einer Lichtquelle?"
„Ja genau..."
„Oh nein. Wir sind noch nicht da, wir haben uns zu früh gefreut und es

ist unheimlich schräg, dass es plötzlich hell ist."
„Ja finde ich auch, aber lass uns weitergehen. Es bleibt uns nichts anderes übrig."
„Ja okay. *deprimierter Blick*"
„Schau nicht so traurig, es kann nicht mehr lange dauern."
„Ja, hast recht."
Verzweifelt flanieren wir voran. Die Umgebung hat sich nicht geändert, das graue, nasse Gestein hat nur eine kräftigere Farbe. Die Kleintiere sehen wir jetzt intensiver.
Jeder einzelne Tag bringt neue Überraschungen oder eher Schrecken. Es ist, als ob das alles einfach nicht real wäre. Eine Unwirklichkeit, in der man zur Verzweiflung kommt und trotzdem versuchen muss, vernünftig zu denken, damit man auch nur ansatzweide weiterkommt. Unsere Arbeit kann man diesen Ausflug wohl auch nicht mehr nennen, es ist ein Kreislauf von ständiger Überlebensangst. Die Angst nie mehr zurück in den Heimatstaat zu kommen. Die Furcht seine Familie nie wieder zu sehen. Das letzte Mal ein normales Leben geführt zu haben. Über so etwas musste ich mir bis jetzt nie Gedanken machen, obwohl ich viel unterwegs war, vor allen in der Zeit, in der ich im Journalismus tätig bin. Überall war ich allein unterwegs.
Meine erste Berufsreise ging nach Neuseeland, meine Nervosität war grenzenlos, aber es hat mir Freude bereitet. Bei den Hobbit Höhlen ist mir ebenso unglaubliches widerfahren. Ich fühlte mich original im Film dabei. Ich sah alle Charaktere und ein Geschehen um mich, als es wieder aufhörte, kamen zum Abschluss wie sooft beglückende, kunterbunte Lichter hinzu. Das werde ich nie vergessen. Michael konnte es damals gar nicht fassen, er war begeistert, nein er war komplett aus dem Häuschen von meinem ersten Artikel auf Reisen, seitdem schickte er mich nur mehr umher, damit ich diese unfassbaren Geschichten aus meiner Fabelwelt mit der Welt teilen kann. Die Firma profitiert sehr von mir, sie prägt meinen Stolz. Klar passieren mir diese paranormalen Sichten zuhause auch, aber in den schönen Ländern, vor allem in

den Winterlandschaften ist es ein ganzer Tick mehr. Das hat mein Chef gewiss auch gleich feststellen müssen. Im Übrigen wollte ich nie mit jemanden zusammenarbeiten, ich dachte mich versteht keiner, denn niemand den ich vor Finnland kannte, hatte diese Fähigkeit. Ein normal Sterblicher hätte meinen Berichten nur geschadet. Anfangs war ich völlig entsetzt, als Michael mir Robin aufhetzte, aber es war eine gute Entscheidung, denn er versteht mich sehr gut. Weniger klug war es, sich auf die Suche nach der Heimlichkeit zu machen, aber wir konnten nicht ahnen, was das für Gefahren mit sich birgt. Wir müssen trotz dieser Lage bejahend damit umgehen, mit schlechter Laune machen wir alles nur noch schlimmer. Mir ist bewusst, ich schaffe es nicht immer, aber da holt mich Robin immer wieder raus.

„Bist du noch fit genug, um weiterzulaufen oder willst du lieber mal eine Pause einlegen?"

„Es müsste noch hinhauen, aber wenn du willst können wir auch gerne hier warten."

„Dann laufen wir lieber noch weiter und setzen dann zur Rast an, wenn wir beide erschöpft sind."

„Passt."

Es könnte sich noch um Stunden handeln, wenn nicht sogar Tage, falls der Weg eine andere Richtung einschlägt oder auf mysteriöse Weise länger geworden ist. Da ist schon wieder eine Spinne in meinem Haar, wird langsam zur Gewohnheit. Ebenso die Kälte, der Hunger und der Schmerz. Traurig. An Robins Hand zu klammern bessert mein Gemüt ein wenig auf. Er grinst mich immer so zuckersüß an, auch wenn ich in seinen Augen die Bangigkeit frisch erkennen kann. Das Licht ist mir immer noch nicht geheuer, wo kommt es her? Gibt es einen Lichtschalter? Tausende Kerzen die für uns unerreichbar sind? Einfach Magie? Wir werden es wohl nie erraten können. Noch immer haben wir keinen Hinweis auf das eigentliche Rätsel, welches uns interessiert.

„Robin, verlierst du auch langsam die Geduld?"

„Naja, sie ist schon ziemlich am Ende, aber für dich bleibe ich stark und

drehe nicht durch, versprochen."
„Es ist voll und ganz in Ordnung, wenn du ein bisschen am Rad drehst, aber wir holen uns gegenseitig immer wieder zur rechten Zeit wieder runter. Wir sind zwar nicht am rechten Ort, aber das kriegen wir auch noch hin oder?"
„So zuversichtlich, hast du schon lange nicht mehr gesprochen."
„Einer von uns muss immer die Nerven bewahren, nun bin ich mal an der Reihe."
„Danke Bella. Du hast recht, es wird bestimmt ein Ziel für uns geben."
„Genau und das darf unter keiner über uns stehender Macht der Tot sein!"
„Nein, das wird nicht passieren."
-nach zweieinhalb Stunden mühsamen umherkriechen-
„Das da vorne könnte der Ausgang sein, oder meinst du nicht?"
„Hm naja kann schon sein, aber so weit entfernt bin ich mir mit meiner Sehstärke eher unsicher und ich möchte nicht wieder volle Depression erleben, falls er es doch nicht ist."
„Wir dürfen uns nicht zu früh freuen. Leichter gesagt als getan."
Hoffungsvoll machen wir weitere hunderte von Schritten, es darf nicht schon wieder eine Täuschung sein. Es wird aber nun plötzlich finsterer, was soll das? Das einzig Gute daran wäre, wenn es einfach Nacht ist und es deshalb in Richtung Ausgang dunkler wird, aber ich darf mir nicht zu viel versprechen.
Bella sieht sehr begeistert von der Ferne aus, das ist klarer Weise gut, allerdings auch schlecht, da ich sie nicht mehr traurig sehen möchte. Sie könnte recht haben, aber was, wenn nicht? Wie lange müssen wir noch gehen? Werden wir aushungern? Sterben wir an einer Krankheit, wenn wir beginnen das rohe Fleisch der Fledermäuse zu essen? Meine Gedanken spielen wieder einmal verrückt.
„Spürst du diese Luft auch oder spinn ich jetzt?"
„Nein ich glaube du hast recht, es fühlt sich wie frische Luft an. Das tut echt gut."

„Und weißt du auch was das bedeutet?"
„Es kann sich nur um das Ende dieser Höhle handeln?"
„Richtig! Komm laufen wir noch ein letztes Mal nach vorn, es muss diesmal wahr sein!"
„Na gut, nur weil du es bist. Auf die Plätze, fertig und los!"
Es fühlt sich nach Freiheit an. Robin ist dieses Mal schneller als ich. Egal, Hauptsache wir sind endlich da angelangt, wo wir seit Tagen wieder zurück hinwollen, auch wenn uns die Erde lieber wäre. Wir sind fast dort. Nur mehr wenige Meter. Und da! Tatsächlich! Wir haben es geschafft!
„Freiheit!!"
„Ich freu mich so! Aber Bella, ich will dich ja nicht enttäuschen, aber frei kann man das noch lange nicht nennen."
„Ich weiß, aber fürs Erste, ist es angenehm."
„Ohne Zweifel."
Es ist, wie ich es schon geahnt habe, Nacht. Die Temperatur ist passend angenehm, jedenfalls wärmer als unter den Steinen. Wir müssen und jetzt auf Nahrungssuche machen, sonst verhungern wir wirklich noch!
„Hast du eine Idee, wie wir zu Essen kommen?"
„Nein nicht direkt, aber auf den Bäumen in dem Wald nebenan, sieht es aus, als würden Früchte wachsen. Ist ein Risiko, aber noch besser als rohes Fleisch, oder?"
„Wird schon schief gehen, komm gehen wir rüber und schlagen uns den Magen voll!"
„Prima!"
Was das wohl für Früchte sind? Vielleicht kennt man ja was, solange wir uns nicht vergiften, ist es nur halb so wild. Wenigsten hatten wir so kurz vor unsrem Tot nochmals ein gutes Gefühl, so als seien wir gerettet.
„Robin, wie heißt der Wald eigentlich?"
„Das habe ich noch nicht erläutert, ich habe ihn nur in weiter Ferne erblickt."

„Na dann, gehen wir einfach los, wir können es später immer noch ansehen."
„Ganz genau."

Fata Morgana – 15

Ein gemütlicher Spaziergang birgt uns zu den Bäumen. Das Gras duftet frisch. Der Himmel ist sternenklar. Alles wirkt seltsam makellos. Nur mehr eine kurze Strecke und schon können wir endlich etwas essen.

– im Wald –

„Sieh dir das nur an! Was sind das für zum Anbeißende, aussehende Früchte!"
„Hoffentlich schmecken sie auch so!"
Auf den Ästen hängt blaues, violettes, giftgrünes und knall pinkes Obst. Mit Zacken, Ecken und Kanten, in runder Form, in Groß und Klein – die Auswahl ist riesig! Ich gönne mir im Moment eine der knall pinken, diese sind so groß wie ein Fußball, ganzheitlich rund und darauf sind ein paar zacken. Sie schmeckt ausgezeichnet! Sie erinnert mich an Erdbeeren, aber zugleich auch an eine Banane mit Schokolade überzogen. Es ist unglaublich. Da hier alles so gigantisch ist, sind wir zwei auch bald mal satt.
Bella sieht sehr zufrieden beim Essen aus, bin ich selbstverständlich auch. Ich genieße gerade eine Frucht in der Form eines Würfels, in grün, so groß wie eine Bowling Kugel, mit kreisartigen Dellen darauf. Der Geschmack erinnert mich an ein Vanilleeis mit Himbeermarmelade und mit weißen Schokostreuseln dekoriert. Dieses Erlebnis auf der Zunge ist krass. Man kann es kaum glauben.
„Bist du auch so vollgestopft wie ich?"
„Ja, definitiv. Rasten wir uns kurz bei diesem Baumstumpf aus?"
„Sicher, gerne doch!"
„Mir ist nicht ganz wohl im Magen, ich glaube ich habe es nicht so gut vertragen. Wie geht es dir mein Liebster?"
„Ein bisschen mulmig ist mir auch, aber das schaffen wir schon."

„Jetzt ist es sowieso schon zu spät."
„Soll ich wieder einen Blick ins Buch werfen?"
„Ja es wäre interessant, was uns der Schreiber nach der Höhle empfohlen hätte."
„Dann hör jetzt zu."
Wenn du aus der finsteren Grotte wieder heil rausgekommen bist, dann herzlichen Glückwunsch. Mit ziemlicher Sicherheit wirst du nun tierisch ausgehungert sein, mach nicht denselben Fehler wie ich. Der Wald der Sinnestäuschung wirkt von weitem sehr verlockend, es schmeckt auch wirklich fantastisch, doch das große Aber: Nach dem du eine dieser Früchte genossen hast, wirst du einen Rausch haben, du wirst halluzinieren und es ist nicht wie bei anderen Drogen, dass du Spaß daran hast, sondern eher wie ein Horror Trip in dem du dich befindest, für den Fall, dass es bereits zu spät ist, ich habe es zumindest heil überlebt. Alles Gute.
„Wie heißt dieser Wald Robin? Sieh unverzüglich nach!"
„Mach ich ja schon…ach du meine Güte, es ist der Wald der Sinnestäuschung. Es musste wohl so kommen."
„Oh mein Gott es war so klar, dass es wieder einen Hacken gibt! Deshalb merken wie auch schon dieses schlechte Gefühl im Bauch."
„Verdammt. Es kann nicht mehr lange dauern bis wir etwas bemerken."
„Wir müssen das Beste daraus machen und darauf achten, dass keiner eine Dummheit begeht."
„Das wäre sinnvoll."
„Wenn wir doch nur geschaut hätten, wie der Wald heißt, dann wäre uns der Hacken schon vorher aufgefallen."
„Sieh es nicht so negativ, wir haben keine Hunger mehr!"
„Haha, sehr lustig."
Rund 20 Minuten sind nach unserer Mahlzeit vergangen. Zurzeit ist alles wie immer, bis auf die leichten Krämpfe im Magen, diese sind aber erträglich. Mein Körper wirkt normal, die Umgebung ist unverändert und Robin redet mit mir ebenfalls gewöhnlich. Wir könnten Glück ha-

ben und der Autor des Buches wollte uns einen bösen Streich spielen oder es dauert einfach länger. Wir werden es früher oder später sowieso erfahren.

– eine Stunde danach –

Meine Augen beginnen schwummrig zu werden, weitere Probleme sind daweil nicht aufgetreten. Robin spricht etwas langsamer zu mir. Ob Farben auftreten werden? Ob es im Kopf weh tun wird? Wie ticken meine Gedanken? Wie werden wir uns verhalten? Ununterbrochen tauchen neue Rätsel auf. Ich bin ein sehr gewissenhafter Mensch und ich halte es grundsätzlich nicht aus, wenn ich komplett ahnungslos bin. Ich bin so fragend. Misstrauisch. Am Ende.
Langsam, aber sicher beginnt eine leichte Wahrnehmungsstörung. Rund um mich war es schon immer sehr bunt, aber jetzt werden die Farben kräftiger und es bewegt sich alles sanft. Das wäre noch keiner schlimmer Rauschzustand, dass könnte eigentlich ganz lustig bleiben, aber ich habe die Befürchtung, dass die Schrift nicht lügt. Meine Laune ist gerade gut erhellt.
„Robin? Wie geht's dir?"
„Hahaha Bella, ich bin so gut drauf, ich sehe alles soo schön!"
„Das freut mich haha, mir geht's auch so, aber du redest sehr, ich meine vollkommen, langsam."
„Du auch meine Liebste. Hilft nicht. Diese Früchte sind ja echt geil irgendwie!"
„Haha, ja jetzt schon, solang es sich nicht ins Schwarze verwandelt!"
„Denk nicht dran, hahaha!"

– nach einer halben Stunde Gelächter –

Oh, da vorne ist ein Hubschrauber. Wie kommt der da her? Ich lauf mal hin! Hallo? Ist da jemand drinnen? Die Tür geht auf. Eine Wolke aus

Nebel steigt auf. In Zeitlupe. Da steht jemand. Ahh! Ich flipp aus! Da ist beinhart einfach so Bruno Mars! Ich bin so ein Fan von dir! Darf ich ein Autogramm haben? Machen wir ein Foto? Ich bekomme keine Antwort, aber es ist so klasse, dass er da ist! Er hat sein Mikrophon dabei, wird er nun singen? Er singt meinen Lieblingssong - „When I Was Your Man". In der Realität hört er sich noch viel besser an!
Was ist denn mit Bella los? Sie steht da drüben und starrt angehimmelt in den Baum hinein, redet mit sich selbst und tanz beglückt herum. Sie hat's wohl ganz schlimm getroffen, aber nichts Bösartiges.
Was zum Henker?! Da steht um die Ecke mein Lieblingsschauspieler! Dwayne Johnson! The Rock! Er ist angezogen wie in Skycraper und hat auch den Dreck von der Hauptszene oben! Ahh! Er ist so toll! Ich liebe seine Filme! Hallo? Hörst du mich? Ich habe ein Handy dabei, machen wir ein Selfie? Er redet nicht mit mir und steht wie angefesselt da. Schade.
Robin? Spinnt er jetzt komplett? Er redet mit einem Busch und seine Augen glitzern vor Freude, den muss es heftig gepackt haben. Ich werde weiterhin meinen Star anstarren und seiner traumhaften, glasklaren Stimme zu hören!

– nach der ersten Halluzination –

Bruno Mars und sein Flieger verblassen langsam. Was war das? Eine Fata Morgana? Ich spinne komplett. Es dreht sich alles weiterhin und wahrscheinlich rede ich wirr. Ich schätze Robin hat am anderen Ende auch so etwas erlebt. Er kommt auch wieder in meine Richtung gerannt.
„Bella, was hast du gesehen?"
„Du redest so undeutlich, aber ich habe Bruno Mars in einem Hubschrauber singen hören. Du so?"
„Haha, schön. Ich habe the Rock gesehen im Skycraper Look."
„Wir drehen schon komplett durch, sind deine Augen auch so benebelt wie meine?"

„Ja, ist deine Wahrnehmung auch verzogen?"
„Voll und ganz."
Wir liegen beide bei einem Strauch herbei und ruhen einfach nur. Es dreht sich alles zu viel. Ich schließe meine Augen.
Oh nein! Was ist das? Alles schwarz unter mir, ich falle! Ins Nichts! Dunkle Gestalten sehen mich an, grausame Musik ist in meinen Ohren. Es hört nicht auf. Ahhhhh! Hilfe! Ich will das es aufhört! Ich will nicht sterben! Noch nicht jetzt! Dämonen mit zerkratzen Augen und Glieder fliegen um mich herum. Sie machen mir Angst! Sie stechen mich gleich ab! Ahhh!
Bella zappelt ganz wild und schreit, aber ich kann ihr nicht helfen, sie öffnet einfach die Augen nicht. Ich nehme sie fest in den Arm und versuche mich auszuruhen, vielleicht hört sie dann auch auf.
Verdammt. Wo bin ich? Hallo? Alles weiß. Endlos. Wie aus Glas. Es wird immer enger. Es ist ein Würfel. Er zerquetscht mich gleich. Hilfe! Kann mich denn niemand hier rausholen! Hilfe! Die Luft bleibt mir bald weg. Hilfe!! Ich sterbe jede Sekunde an Zerquetschungen. Ein schiefes Violinspiel betäubt meine Gehörgänge noch zusätzlich. Ahh!

– nach fünf Stunden Rauschzustand und einer Stunde Schlaf –

Was? Wo? Wer? Ich springe hastig auf. Robin liegt noch am Boden. Was zum Geier ist passiert? Ich habe höllische Kopfschmerzen. Wir hatten gestern einen starken Trip, zuerst war es atemberaubend, nur der Drehschwindel hat gestört, an den Teil danach möchte ich gar nicht mehr denken. Ich kann mich nur mehr an Bruchteile erinnern, nur mehr, dass ich eine Halluzination gesehen habe und dass danach etwas Schreckliches mit Dämonen gewesen ist, was ich genau erlebt habe weiß ich nicht. Oh, Robin bewegt sich.
„Hey? Alles in Ordnung?"
„Hilfe! Was war das nur! Ich bin erleichtert, dass wir am Leben sind."
„Ich auch, kannst du dich noch an alles erinnern, was du durchmachen

musstest?"
„Nein, nur mehr an irgend eine Person die nicht real war und an eine Zerquetschung in einem Raum."
„Seltsam, wir haben beide etwas komplett anderes erlebt, das Einzige was gleich ist, ist die Fata Morgana und ein Horror Szenario."
„Das muss an der unterschiedlichen Frucht liegen."
„Das empfinde ich auch so. Machen wir dieses Mal gleich einen Blick ins Buch, damit uns nicht noch mehr widerfährt?"
„Unbedingt!"
„Wir müssen nur trotz Buch endlich einen Weg in unsere Heimat finden, wie lange sind wir denn jetzt schon hier gefangen?"
„Wäre schön zu wissen, Liebes. Eine Woche ist es sicher schon. Oder zwei? Keine Ahnung."
„Hm...ich meine sieh uns an, wir sind ein einziges Wrack!"
„Ja leider wirklich, wenigstens hatten wir immer etwas zum Trinken, im Magen haben wir auch wieder eine Kleinigkeit, auch wenn das gestern echt keinen Spaß mehr machte."
„Ja da muss ich dir recht geben. Willst du mal auf die Karte sehen und einen Bach suchen, damit wir mal wieder unsere normale Haut sehen können?"
„Ja, das ist eine gute Idee. Einen Moment. Ah ja, gleich den Wald entlang runter und dann einmal rechts, dann sollte da der „Bach der Sünden" sein."
„Hört sich gespenstisch an. Hoffentlich kann man das Wasser auch trinken, damit wir für heute gestärkt sind."
„Ja das wäre der Hit, aber ich freue mich wirklich schon auf erneute Sauberkeit. Überall ist Erde, Staub, Grasflecken und Blut von den Wunden. Auch wenn der Bach so heißt, was soll uns schon noch zu stoßen?"
„Ja komplett ekelig und da muss ich dir recht geben, wird schon nicht so wild sein."
„Finde ich auch. Und wir haben zwar nicht viel an, aber dann haben wir quasi wieder ein sauberes Gewand."

„Haha, ja. Ich wünschte, wir könnten hier irgendwo etwas zum Anziehen finden, manchmal wird es schon sehr kühl."
„Ja da stimmt, wird sich vielleicht noch ergeben."
„Hoffentlich. Vielleicht können wir im Bach unsere Sünden bekehren, haha!"
„Naja das könnte unsere Chance sein, es könnte ein Weg nach Außen sein."
„Daran habe ich gar nicht gedacht, wir versuchen unser Glück!"

Der Bach der Sünden – 16

Faszinierend, wie egal es uns einfach geworden ist, wo wir hingehen. Anfangs hätten wir eine Wasserstelle mit diesem Namen komplett gemieden, das könnte daran liegen, dass wir den Sinnesrausch, ebenso wie die verfluchte Höhle, überstanden haben.

Frei wie der Wind fühle ich mich, auch wenn wir in dieser elenden Welt eingesperrt sind. Es ist alles schon so nutzlos, dass meine Gedanken umgeschlagen sind. Robin und ich grinsen uns an, Hand in Hand galoppieren wir erfreut über die strahlend grüne Wiese. Die Sonne scheint hell klar, Vögel zwitschern und ein Hirsch mit tausenden Farben und einem Geweih, welches Ästen gleicht, begleitet uns. Ein Hippogryph schwebt über unseren Köpfen. Seine Federn sind sehr schön Creme farbig mit einem Schokoladenbraun.

Er tanz voller Glückseligkeit umher. Ihre Augen funkeln mich an. Unser Weg ist nicht mehr weit. Was uns dort wohl erwarten wird? Ich könnte das Buch fragen, aber erst wenn wir dort sind.

„Schau dir dieses wunderschöne, türkise Wasser an. Es sieht aus, wie in der Karibik!"

„Es ist atemberaubend. Soll ich im Buch nachschlagen, was uns jetzt passieren wird?"

„Ja bitte Robin!"

„Ich schaue grob über die Seiten, wann mir der Name ins Auge springt."

„Gut."

Daweil ist der Bach noch nicht aufgetaucht, die Hälfte habe ich schon überflogen. Wo es nur stehen kann? Hat er oder sie darüber nichts recherchiert? Seltsam. Da ist noch immer nichts. Gleich ist das Buch aus.

„Bella, ich möchte dich ja nicht beunruhigen, aber da steht nichts darüber."

„Seltsam, aber das könnte ein gutes Zeichen sein."

„Wie meinst du das?"

„Naja, wir sind über ein Wasser hier her gekommen, oder?"
„Ah, also meinst du, wir können uns über ein anderes zurück telepathieren?"
„Ganz genau."
„Du bist ein wahrhaftiges Genie, ich habe nur an unsere Sünde gedacht, aber so müsste es ja auch irgendwie funktionieren."
„Nur wie stellen wir das an?"
„Gehen wir baden und hoffen einfach auf das Gute?"
„Können wir machen, ich wollte eigentlich meinen Bikini extra reinigen, aber ich möchte nicht nackt sein, wenn wir wieder zurück kehren, haha."
„An das hätte ich gar nicht gedacht, zum Glück hast du es erwähnt, das erspart uns einige Peinlichkeiten."
„Haha, das wäre schrecklich!"
Wir begeben uns ins Wasser, voller Hingabe beginnen wir uns zu küssen, da habe ich immer Schmetterlinge im Bauch. Seine Hände umfassen zärtlich meine Hüfte und meine seinen Nacken. Ich kann mir das ständige Lächeln nicht verkneifen. Meine Augen sind geschlossen und ich genieße einfach nur den Moment. Diese Entspannung und geistige Befreiung nach so langer Zeit sind unermesslich. Jeder Augenblick könnte es in rasender Geschwindigkeit zerstören. Was wenn wir plötzlich wieder runtergerissen werden? Fallen wir dann wieder in Ohnmacht? Wo kommen wir an? In Alaska in der Therme? Auf Hawaii? In Brasilien? Ich habe keine Ahnung. Robin hat keine Ahnung. Überleben wir es? Macht sich Michael langsam Sorgen? Was denkt unser Hotel? Sind wir damals im Sog in die Unterwelt gesehen worden? Fragen über Fragen, es macht mich ganz dusselig.
Wir waschen gerade unser Haar und das Gesicht, diese Erfrischung ist erste Klasse. Die Temperatur des Wassers ist genau passend. Wir genießen noch die Zeit und haben Spaß am Baden.

– nach einer Stunde Badespaß und Relaxen –

„Seltsam, dass noch nichts passiert ist."
„Vielleicht müssen wir an eine andere Stelle, der Bach fließt ja noch endlos weit."
„Ja das könnte sein."
„Sollen wir mal raus gehen und uns Sonnen lassen?"
„Das ist eine super Idee, wir sind eh beide so blass, hihi."
„Stimmt, aber ich bekomme sowieso nie Farbe, haha."
„Ich eigentlich auch nicht, haha!"
Es ist angenehm warm, ich bin froh, dass es nicht mehr kalt ist. Die Strahlen der Sonnen bedecken meinen Bauch, meinen Kopf und meine Gliedmaßen. Ich darf nur keinen Sonnenbrand bekommen, gewöhnlich bin ich wegen meiner hellen Haut sehr empfindlich, aber es sollte schon gehen. Das Rauschen des Baches wirkt sehr beruhigend auf mein Gehör. Ein himmlischer Duft von Rosen durchfährt meine Nase. Zwischen Bach und Wiese ist Sand, welcher so traumhaft wie auf den Malediven ist. Ein Reh mit rosarotem Fell springt über uns hinüber. Ein Specht und eine Amsel singen uns ein Liedchen. Ein erwärmter Wind streift über unsere Haut. Am anderen Ende voll Sand steht eine Giraffe und ein Zebra, beide in hell – und dunkelblauen Farbspielen. Da humpelt ein Wiesel merkwürdig traurig zu mir. Es muss Schmerzen haben, sein Bein ist verletzt. Es ist so niedlich. Hellbraun mit herzlich süßen Knopfaugen, ein Auge ist braun-grün gefärbt, schräg, dass sogar die Tiere zum Teil diesen Farbwechsel haben. Ein Blatt des Baumes über mir schwebt auf mein Kinn herab. Nanu, da steht eine Botschaft.
„Robin, mir ist da etwas zugeflogen, ich lese es dir gleich mit vor."
Ihr müsst ans Ende des Flusses, ich bin das Wiesel, was soeben an dir vorbeigehinkt ist. Da sollte euch die Reise ins normale Leben begegnen. Ich wurde verletzt, seid achtsam.
„Ach du meine Güte, das sind gute Neuigkeiten, das mit dem achtsam sein ist uns ja nichts Neues!"

„Ja finde ich auch, willst du gleich losstarten?"
„Gerne, schwimmen wir dort hin? Die Strömung ist nicht so stark."
„Gute Idee."

Ein weiter Weg – 17

Da hüpfen wir wieder ins Wasser. Herrlich. Schon seit Ewigkeiten war ich nicht mehr so richtig schwimmen, immer nur relaxen, wobei es wirklich Spaß macht. Eine angenehme Sportart, bei der man sich trotzdem viel bewegt. Viele kleine, bunte Fische schwimmen mit uns mit. Der eine ist in einem hellen lila Ton, der andere gelb und der auf der rechten Seite sieht aus wie Nemo und dahinter Dorie. Das erweckt Kindheitserinnerungen. Unter uns sind keine Steine, sondern feiner Sand. Die Tiefe beträgt rund 1,30 Meter, also stehen ist leicht. Uns kann quasi nichts passieren, aber wer weiß, es gibt immer wieder Überraschungen.
„Das ist schon noch weit bis zum Ende."
„Wer weiß, wann wir es überhaupt erreichen."
„Ja stimmt, aber Kopf hoch Bella, wir können kaum untergehen, falls wir keine Kraft mehr haben, das Wasser ist wahnsinnig seicht."
„Haha, ja das stimmt und im Notfall können wir jeder Zeit an ein Ufer."
„Ganz genau."
So paddeln wir uns weiter durch das kühle Nass. Die Fische haben ein fröhliches Gesicht, das ist sehr erheiternd. So manche Algen fließen mit, aber keine tragische Menge. Das Türkis des Wassers wird immer dunkler, je weiter wir nach unten kommen. Ob das wieder ein Zeichen ist? Wenn ja, ist es gut oder böse? Hat uns das Blatt des kleinen Tieres die Wahrheit erzählt? Es könnte purer Schwindel sein. Es wird Gefahren mit sich bärgen, doch wir haben bis jetzt alles gemeistert, uns kann nichts und niemand davon aufhalten!
„Bella? Soweit alles okay?"
„Klar bei dir auch?"
„Ja, aber ich könnte langsam eine Pause brauchen."
„Kein Problem, willst du gleich an diese Bucht schwimmen?"
„Können wir gerne, da ist nur Sand, wirkt sehr entspannend."
„Wird es bestimmt auch."

Eine atemberaubende Landschaft. Drei Hasen in tiefem Schwarz leisten uns Gesellschaft, der eine süßer wie der andere. Ich liege mit meinem Haupt an Robins Brust und genieße die sanften Töne seines Herzschlages. Er streift sanft durch mein durchnässtes Haar. Nach wie vor ist ein wunderschönes Wetter und ich könnte mir gerade nichts Schöneres vorstellen, außer dass wir auf den Malediven sind und hier nicht festsitzen. Die Atmosphäre ist exzellent. Mein Plätzchen ist unfassbar gemütlich und ich könnte mir keinen besseren Menschen an meiner Seite vorstellen. Natürlich habe ich auch Familie und ihn kenne ich noch nicht lange, aber zu meinen Leuten habe ich nicht viel Kontakt und ich bin ein Einzelgänger, da einige der vielen Menschen einfach nur falsch sind, doch Robin hat etwas Besonderes an sich. Ich hatte noch nie zuvor so ein Vertrauen zu einem Menschen, unsere Bindung ist so stark, ich kann es manchmal immer noch nicht fassen.
Es ist wahnsinnig schön, wenn Bella so bei mir liegt, wir haben so viel gemeinsam und endlich haben wir uns gefunden, ich dachte so etwas gibt es nur in Filmen. Ich habe noch nie so empfunden.
„Willst du schon wieder weiter oder noch ein wenig die Zeit genießen?"
„Ehrlichgesagt will ich mit dir hier noch die Zeit genießen."
„Das freut mich sehr. *ein Lächeln*"
„Sehr gut. *ein Kuss auf die Stirn*"
Der klare Himmel mit den dezenten Wolken ist schön zu betrachten. Die Bäume von grün bis bunt verzaubern mich. Eine weiße Maus krabbelt schnuckelig über seinen Bauch. Verzwickt sieht sie mir in die Augen. Die Zeit rast, aber ich will noch nicht weiter. Endlich ist einfach alles gut. Nahezu perfekt, viel zu perfekt.

– nach einem zwei stündigen Nickerchen –

„Oh nein, wir sind eingeschlafen. Es wird schön dämmrig."
„Keine Stress Robin, schwimmen wir jetzt einfach los, das Wasser ist sicher trotzdem noch so schön warm wie davor."

„Hast recht, auf geht's."
Wir tasten uns wieder vorsichtig ans Wasser heran. Die Temperatur ist mächtig gesunken. Sollen wir trotzdem schwimmen oder lieber laufen?
„Bella du hast doch nicht recht."
„Ich habe es gerade gemerkt, haha."
„Willst du lieber am Ufer entlanglaufen?"
„Ich denke, das wäre wohl besser. Ich will nicht erneut einen Kälteschock haben."
„Ich auch nicht, komm spazieren wir gemütlich dahin."
„Hand in Hand?"
„Immer!"
Es ist nicht so gelaufen, wie wir wollten, aber das ist auch schön, dann bleiben wenigstens meine Haare trocken, dass wäre sonst sehr kalt geworden in der Nacht.
Der Sand schmiegt sich zärtlich um unsere Füße. Vor uns ist ein Sonnenuntergang in orange und einem tiefen gelb Ton mit violetten Highlights. Wahrhaftig schön. Der Wind ist etwas abgekühlt, aber ist angenehm. Dutzende von Nachtfalter fliegen umher, nicht in braun so wie man sie kennt, sondern in allen möglichen Neonfarben, wie zum Beispiel ein knalliges Pink, leuchtendes Gelb, ein giftiges, schrilles Grün und noch ein kräftiges Blau. Durch unsere Ohren kommen die Klänge einer Querflöte. Leise, aber ausgezeichnet schön.
Die Düfte von Estell ändern sich ständig, zurzeit geht mir ein leckerer Zartbitterschokoladen Geruch durch die Nasenlöcher. Ich hätte jetzt wahnsinnig gerne eine Schokotorte oder ähnliches, das ist für jemanden wie mich echt gemein. Ich liebe Schokolade! Da kriege ich glatt wieder Hunger, bloß nicht mehr diese Früchte! Da werden wir uns sicher auch noch etwas anderes finden. Vielleicht schaffen wir es, wenn es noch nötig wird, ein Feuer zu machen. Mein Wunsch wäre allerdings, dass wir bis dahin schon längst wieder in Alaska sind. Es wäre möglich, dass uns niemand gesehen hat und vielleicht ist auch gar keine Zeit auf der Erde vergangen, es wäre alles möglich. Ich denke viel zu viel nach.

Ein Fuchs streift neben Robin umher, in einem kräftigem rot-orange Ton mit weißen Stellen im Fell. Er wirkt ausgehungert, aber im normal Fall kann er uns nichts tun, wir sind viel zu groß, selbst wenn nicht, dann hätte er uns bestimmt schon angegriffen. Oh, da läuft wieder eine kleine Maus. Und weg ist sie, jetzt hat der Fuchs ein kleines Fresschen.
„Ist dir eh nicht kalt?"
„Nein es ist echt angenehm, was hättest du sonst getan? Mir deine imaginäre Jacke gegeben? Haha!"
„Richtig. Nein quatsch, dann hätten wir wieder eine kurze Rast gemacht und ich hätte dich mit Umarmungen gewärmt."
„Ich glaube, mir ist jetzt doch kalt, hihi. Nein Spaß, wir müssen endlich weiterkommen."
„Komm her."
Er umarmt mich sehr liebevoll und küsst mich sinnlich. Ein Traum von Mann. Seine Körperwärme tut wahnsinnig gut, auch wenn mir nicht kalt ist. Es ist einfach das Gefühl, welches ich bei ihm habe. Für keinen Mann habe ich bis jetzt so gefühlt, durch ihn weiß ich, dass Liebe noch viel schöner sein kann als ich je gedacht habe.
Ich freue mich, wenn Bella so glücklich ist. Ich meine, sie ist fabelhaft! Ich bin so erleichtert, dass Michael mich ohne zu Überlegen eingestellt hat, ich glaube, er hat es gespürt, dass wir zwei zusammengehören, arbeitstechnisch sowieso. Auch wenn ich ohne meinen Job jetzt nicht hier gelandet wäre, ist es immer noch eine gute Entscheidung allein wegen Bella gewesen und es war schon immer mein Traum, mein Hobby zum Beruf zu machen. Nicht jeder findet seine Berufung.
„Stapfen wir wieder weiter?"
„Ja, bevor es noch komplett dunkel wird."
Es wird immer kühler, dunkler und mittlerweile auch gespenstisch. Die schönen Klänge vom Tag sind jetzt eher gruselig, man hört Eulen, jaulende Geräusche von Wölfen und einen düstern Klang, den ich unmöglich beschreiben kann. Mein Schatz steht mir Gott sei Dank zur Seite, er ist viel mutiger als ich. Zumindest tut er so, haha. Männer halt.

Nach wie vor fließt der Bach weiter neben uns und er nimmt einfach kein Ende. Wo soll das nur hinführen? War das Blatt nur ein Blödsinn? Ist der Weg endlos? Es tauchen schon wieder diese merkwürdigen, vielen Fragen in mir auf.
„Bella, ruhig bleiben. Bleib stehen."
„Ähm, was ist denn los?"
„Da vorne steht ein monströser Wolf, er könnte uns was antun."
„Oh nein, ja ich sehe in, ich könnte in Panik ausbrechen, aber ich reiß mich jetzt zusammen."
„Ich auch, aber wir dürfen uns einfach nicht bewegen und wir sollten ganz leise sein."
„Passt."
Das gigantische Tier verbirgt sich wenige Meter neben uns hinter den Bäumen, er ist so groß wie ein Braunbär und hat ein sehr bösartiges Gesicht. Er hat wohl auch Hunger und er könnte uns tatsächlich auf einen Sitz auffressen. Ein hässlicher Gedanke, ein Wolfsfutter zu sein. Er sollte einfach weiter in den Wald hineinlaufen und uns ignorieren. Was wenn nicht? Ich will verdammt nochmal nicht sterben! Ich habe das jetzt schon außerordentlich oft geflennt, aber was soll ich machen? Es ist die Wahrheit. Ich will mir schließlich mit Robin noch eine schöne Zukunft aufbauen.
Er starrt an uns mit finsteren Blicken gerade noch vorbei. Seine gelb-goldenen Augen sind fesselnd. Es ist zwar schon dunkel, aber ich glaube, er hat ein fast schwarzes Fell, nicht grau, so wie man es sich vorstellt, wobei, wie wir ja schon wissen, hier ist alles anders. Ich habe momentan wahre Angst um mein Leben, viel schlimmer als ich in der Höhle abgestürzt bin, wenn der uns zerfleischt müssen wir so viele Schmerzen ertragen, das will ich nicht. Er bewegt sich. Er schaut nach links, dann wieder nach rechts. Wir sind ihm wohl noch nicht aufgefallen, was ein Glück. Sein Blick erstarrt, er muss etwas entdeckt haben. Hoffentlich seine gewünschte Beute damit wir aus dem Spiel sind. Er macht keinen Schritt. Er wirkt wie eine Statue. Eingefroren. Verstei-

nert. Wie auch immer, er soll endlich verschwinden! Ich würde gerne mit Robin weiter plaudern, dies wäre aber ein zu großes Risiko. Sein prächtiges Haupt neigt sich wieder. Sucht er etwas? Ist er für etwas geschickt worden? Für uns vielleicht? Gott nein, nur nicht grübeln. Seine Tatzen sind gigantisch, so groß wie die eines Bären. Mit denen legt er uns locker um. Er fletscht seine Zähne, wie ein Hai. Wir würden auf der Stelle verbluten, wenn der zubeißt. Sein linkes Auge schimmert mir besonders zu, das rechte wirkt etwas dumpfer, vielleicht hat er auch so ein Schicksal wie wir und das kleine Wiesel. Er hebt seine gigantische Pfote und dreht sich. Geht er nun? Schaut er sich um? Ich hoffe, er kann uns nicht riechen, denn grundsätzlich haben Wölfe einen scharfen Geruchssinn. Es wäre möglich, dass er uns bereits entdeckt hat, aber uns einfach nur auflauert. Die Hoffnung stirbt zuletzt, dass er einem anderen Tier auf der Spur ist. Sein Blick senkt sich erneut. Hat er Hunger? Wie lange müssen wir noch wie eingepflanzt stehen bleiben? Die Nacht rückt immer näher, bald ist unsere Sehkraft wieder sehr eingeschränkt, selbst wenn nicht so stark wie in der Höhle, es ist trotzdem ungut. Die Unsicherheit steigt so noch viel mehr. Ob uns Michael je wieder zu Gesicht bekommen wird? Das wäre echt traurig. Das mächtige Tier erhebt sich wieder und dreht sich auf die linke Seite. Er macht einen kleinen Schritt. Na endlich! Er läuft wie der Blitz davon, weit weg von uns. So lässt es sich wieder leben.
„Was ein Schreck!"
„Du sagst es Liebling! Willst du wieder weiter pirschen?"
„Ja unbedingt, aber wir müssen Acht geben!"
„Wenn wir nicht zu schnell unterwegs sind, sollte das mit dem Aufpassen kein Problem sein."
„Gut so."
Ich habe dem Tot wieder einmal fast ins Auge geblickt, aber es ist alles nochmal gut gegangen. Mein Adrenalin ist wirklich immer auf Hochtouren. Mein Stresslevel steigt auch drastisch und mein Herz muss immer Vollgas geben, nicht gerade gesund, aber es geht nicht anders,

Hauptsache ist, dass wir bei lebendigem Leib noch da sind!
Das Rauschen des Baches ist etwas lauter geworden. Die Strömung ist stärker, gut dass wir nicht schwimmen. Die Landschaft wird immer finsterer, es fängt an, dass wir nur mehr Umrisse erkennen, erst nach gewisser Zeit ist unser Sehsinn daran angepasst. Nach wie vor haben wir keinen Plan, wie lange wir noch durchhalten müssen, ebenso würde es mich herzlichst interessieren, wie lange wir schon da sind. Durch die Höhle weiß ich kaum wie viele Tage dazwischen waren, da dort anfangs nie ein Licht für uns geleuchtet hat. Unser Schlaf ist sehr unregelmäßig und wir sind übelst erschöpft. Durch unseren grässlichen Rausch waren wir auch sehr verwirrt. Alles ist verwirrend.
„Wirst du auch langsam müde?"
„Ja schon, aber ich will es noch ein Stückchen weiter schaffen."
„Ist in Ordnung, wenn wir einen gemütlichen Platz finden, legen wir uns hin. Deal?"
„Deal!"
Weiterkämpfen und nicht den Willen zum Ziel verlieren! Ein sehr wichtiger Satz zum Überleben. Die Kälte überkommt mich wieder, bis am Morgen muss ich es leider wieder aushalten. Natürlich möchte mich Robin während dem Schlaf wieder wärmen, aber das geht nur schwer, da er dann auch wieder am Frieren ist. Wir schaffen das schon, auch wenn wir nicht mehr so richtig lebendig sind. Eine ewige Zeit ist seit dem Wolf wieder vergangen. Glaube ich halt, ein Gefühl dafür habe ich schon lange nicht mehr. Meine Beine werden immer schwerer, es wird Zeit zum Hinlegen.
„Trotz meines Kämpfergeistes kann ich nicht mehr. Robin, willst du es dir da bequem machen mit mir?"
„Mir ist es egal wo, sicherlich können wir uns da hinlegen."
Elegant liege ich auf im drauf und wir halten uns gegenseitig so gut es geht warm, der Sand ist ein bisschen besser als die Wiese von der Temperatur her und dem Liegekomfort. Leise Geräusche der Tierwelt und das Plätschern des Wassers sind zu hören. Viele Mücken sind um uns

herum. Bald werden wir endlich eingeschlafen sein und wir können uns auf den nächsten Tag freuen, oder auch nicht, je nach dem.

– nach einer erholsamen Nacht –

Es war echt angenehm, ich öffne bedächtig meine Augen. Nanu? Was ist da passiert? Es ist alles komplett verwüstet und ausgetrocknet. Es ist ein grausamer Anblick. Damit habe ich nun gar nicht gerechnet. Ich muss sofort Robin aufwecken!
„Robin? Wach auf!"
„Bella? Ach...ach du meine Güte! Was ist passiert?"
„Das hat mich auch gewundert, deshalb musste ich dich jetzt gleich aufwecken."
„Danke, aber ich bin einfach verwirrt."
„Ja ich auch, aber sieh mal, der Bach ist ausgedörrt, heute können wir das Schwimmen vergessen."
„Oh nein, haben wir unsere einzige Chance verpasst?"
„Das darf einfach nicht sein, marschieren wir im trockenen Flussbett einfach weiter? Vielleicht finden wir Hinweise."
„Das wäre prima, einen Versuch ist es wert, so viel mehr Auswahl haben wir eh nicht, zu mindestens nichts, was uns etwas bringen würde."
„Eben. Komm, springen wir da runter und forschen weiter."
„Ja!"
Hellbraune Erde mit etwas Sand vermischt, Steine und tote, kunterbunte Fische liegen herum. Wie kann so etwas nur in einer Nacht passieren? Es ist einfach unverständlich, ich mag echt nicht mehr. Ich freue mich schon, wenn wir endlich – hoffentlich, wieder zuhause ankommen und ich einfach mal mit Robin ganz relaxt in einem warmen, kuscheligen Bett sein kann, im Pyjama und einen Film schauen, mehr kann ich mir gerade nicht erträumen. Ich will immer auf Reisen sein, aber das ist mir jetzt eindeutig zu viel.
„Und, was sagst du zu der traumhaften Umgebung?"

„Haha, sehr lustig. Hässlich. Mehr fällt mir dazu nicht ein Liebster."
„Kann ich verstehen."
„Ich meine, so furchtbar es uns auch ergangen ist, der Ausblick war immer wie in einem Märchen, das hat das Ganze ein klein wenig verschönert."
„Ja da hast du recht, aber vielleicht ist das jetzt unsere Gelegenheit für die Reise zurück!"
„Sind wir mal ehrlich, wie oft haben wir das geglaubt?"
„Zu oft, aber wir dürfen trotz den Umständen nicht aufgeben, wie du gesagt hast."
„Ja ich weiß, aber mittlerweile bin ich wohl bei einem Tiefpunkt."
„Das Hoch kommt schon wieder, spätestens dann, wenn wir wieder Angst vor einem blutrünstigen Wolf haben, haha."
„Haha, sehr lustig."

Die Unterwelt – 18

Sein Humor gefällt mir sein, er ist meinem gleich. So süß.
Der verkorkste Weg ist echt unangenehm, schmerzhaft ohne Schuhe, wir könnten auch einfach im Sand oben gehen, aber das fühlt sich falsch an, so als ob wir etwas Wichtiges übersehen könnten. Das Mysterium soll sich nun mal echt auflösen! Es nervt! Einige Kilometer haben wir neben dem und in dem Bach zurückgelegt, aber was hat es gebracht? Gar nichts, außer unsere schönen Momente. Der Grund unter unseren Beinen ist locker und gar nicht schlammig, man könnte meinen, über Nacht wurde alles ausgetrocknet. Schräge Vorstellung, muss aber wohl so sein. Robin ist mir ein Stück voraus, sehr hoffnungsvoll rast er umher. Sein starker Wille beeindruckt mich, aber wir unterstützen uns halt einfach gegenseitig. Er ist um eine Ecke gehuscht, ich sehe ihn nicht mehr. Schnell hinterher. Robin? Wo ist er? Nein nicht schon wieder, ich hasse diese Ereignisse!
„Bella! Du Kannst mich zwar nicht sehen, aber ich bin gerade in die Erde eingebrochen, falls du das Loch entdeckst, kannst du ja nachhüpfen, es könnte eine heiße Spur sein!"
„Zum Glück lebst du! Ist dir etwas passiert?"
„Nein, es war eine weiche Landung. Siehst du die Einbruchsstelle? Als ich noch oben war, war es einfach ein dunkles Fleckchen, weiß nicht wie es jetzt aussieht, bin einfach draufgetreten."
„Sehr gut, ja ich sehe einen Fleck, ich versuch es."
„Pass auf."
Okay, einfach vorsichtig hin steigen. Ah! Ich rutschte schnell und sehr weit nach unten. Man ist das eine Geschwindigkeit! Ahhh! Hilfe!
„Keine Angst Bella, du bist gleich bei mir!"
„*Rumps* Oh, hallo, bin ja schon da, haha!"
„Nicht so schlimm, oder?"
„Keines Wegs. Hat irgendwie Spaß gemacht."

„Find ich auch, auch wenn ich kurz Angst um mein Leben hatte."
„Kann ich verstehen."
„Willst du nun hier weiter gehen? Es sieht spannend aus."
„Klar, aber was wäre, wenn ich nein gesagt hätte? Wir würden nie wieder da hochkommen, haha."
„Ja ich weiß, wollte doch nur fragen."
„Kein Ding, ist ja süß."
„Witzig."
Im Unterirdischen zu Forschen klingt gefährlich, aber auch sehr abenteuerlich. Wieder einmal sind wir von unzähligen Spinnen umgeben. Kleine Würmer kriechen am Boden und ich meine, ich habe in der Ferne einen Maulwurf gesehen. Es ist gar nicht so finster, obwohl wir tief unter dem Boden sind, das ist auch gut so, denn die Handytaschenlampe hat schon lange den Geist aufgegeben. Violette, kleine Kreaturen krabbeln herum, es wimmelt nur so von ihnen. So groß wie ein Maikäfer, ähneln einem Schmetterling und haben eine glatte Oberfläche. Interessant. Ich sehe von Weitem ein Funkeln. Was das wohl wieder sein mag?
„Robin, siehst du das auch?"
„Ja, es sieht goldig aus."
„Schnell hin!"
„Geht klar!"
„Oh sieh nur, schon wieder eine Truhe, vielleicht dieses Mal mit einem besseren Hinweis."
„Na hoffentlich!"
Ein edles Schloss verriegelt die Schatzkiste, Gold, Silber und Rose Gold zeigt sie uns von außen. Nur noch aufknacken. Zack. Das ging einfacher, als ich dachte. Hm, Diamanten. Was haben die zur Bedeutung? Ah, und ein Zettel. Ich lese vor:
Wenn du es bis hier geschafft hast, besteht eine geringe Überlebenschance, herzlichen Glückwunsch! Ich bin hier drinnen verstorben, wenn du das liest, aber fast hätte ich es geschafft. Nehmt die Juwelen

mit, sie bringen Glück."
„Sehr motivierend, wenn der Schreiber verstorben ist."
„Ja leider, aber er schrieb, er habe es fast geschafft, das heißt, wenn wir schlau genug und taff genug sind, könnten wir unsere gewohnte Welt wieder erreichen!"
„Schön wäre es, wenn du recht hast, Robin."
„Sicher habe ich recht, vertrau mir."
„Ich versuch es, hihi."
Die Reise ins Nimmerland geht weiter, wir haben bis jetzt einen Bergkristall, ein Amulett und Diamanten, es sind sehr schöne Erinnerungsstücke, aber irgendwie glaube ich immer noch fest daran, dass es mit den Utensilien einen Hacken gibt, oder dass sie für etwas bestimmt sind. Warum können wir nicht einfach das Rätsel lösen? Warum muss das so lange dauern? Schaffen wir es überhaupt? Höllische Schmerzen plagen meine Füße, meine Beule habe ich auch noch immer und vermutlich werde ich grässliche Narben an den Ellbogen bekommen. Die Knie von Robin werden auch nie wieder dieselben sein. Es wird uns immer an Estell erinnern. Solange wir es rausschaffen, bin ich schon mal echt erleichtert. Es wird düsterer, gerade noch, dass wir etwas sehen können. Der Gang wird etwas schmäler und niedriger, sodass sogar ich mich ducken muss. Das wird wieder Kreuzschmerzen geben, keine schöne Vorstellung. Ich freu mich schon auf eine Massage, wenn wir am Ziel sind. Die Langeweile überkommt mich, entweder Angst oder eintönige Wege befinden sich rund um uns.
„Bella? Ich habe ja die Juwelen und den Kristall in meiner Hose wie du weißt, oder?"
„Ja, was ist damit?"
„Ich spüre leichte Vibrationen, ich glaube sie reagieren miteinander."
„Meinst du? Schau mal in unserem Handbuch, ob da etwas steht."
„Mach ich. Sekunde."
Dieses verflixte Schriftstück. Tausende Blätter. Ah, ja doch, da habe ich was gefunden.

Falls du schönes, glitzerndes Gestein jeglicher Art findest, hast du Glück, wenn du mehr davon sammelst. Als ich mehr davon eingesteckt hatte, habe ich etwas Unerklärliches verspürt und in dieser Zeit ist mir nichts geschehen, ich habe danach aber von den drei Steinen einen verloren und so war der Zauber wieder zu Ende. Pass gut darauf auf!
„Wow, das sind zur Abwechslung mal gute Neuigkeiten."
„Wenn er oder sie nicht lügt, dann schon."
„Wir dürfen nicht immer gleich vom Schlimmsten ausgehen, sie mal da vorne, da wird es wieder geräumiger und heller, da fängt das Gute schon an!"
„Ah ja, tatsächlich. Wunderschön wirkt es, ganz anders als der restliche Graben."
„Ja das Stimmt, vielleicht habe wir es ja bald!"
„Ein wahrhaftiger Traum!"
Wenige Meter noch und es wird wie ein Lichtblick für uns sein. Erfreut stolzieren wir in Windes Eile zur erleuchteten Lichtung. Nach wie vor ist Erde um uns, aber es wächst Moos und vereinzelt auch kleine Blumen in Weiß, Beige und Orange. Es krabbeln wieder einmal Regenbogenameisen um uns umher. Wenn ich sie genauer betrachte, weisen sie ein fröhliches Gesicht auf, verdammt niedlich. Eine weiß-graue Maus, viel kleiner als üblich, huscht mir zwischen die Beine durch. Bei Robin befindet sich eine Ratte. Drei Maulwürfe in hellblau buddeln sich vor uns noch weiter in den Dreck hinein. Ein summendes, jedoch einfühlsames, zartes Geräusch hallt durch den Gang.
„Findest du das auch so faszinierend?"
„Meinst du diese Vielfalt?"
„Ja und vor allem, dass es egal wo wir sind, es immer einmal kurz schön wird, bevor wir dem Grauen begegnen."
„Es ist seltsam, aber prima! Zumindest bis zu dem besagten Grauen."
„Ja, sehe ich auch so."
Minimum zwei Stunden sind wir um unteren Bereich des Landes, frische Luft fehlt uns schon eine Zeit lang, aber das ist keine große Sache

für uns. Problematisch wird es erst, wenn wir Durst bekommen. Wo ist Wasser? Wann erblicken wir wieder den Tag oben? Schwer einzuschätzen, aber wir müssen es einfach überleben und alles in unserer Macht Stehende versuchen. Huch, da kriecht ja eine Schildkröte umher, damit habe ich so gar nicht gerechnet. Ob das denn schon wieder ein Zeichen ist? Hm. Sie sieht nass aus, es könnte ein Hinweis auf eine Wasserquelle sein.

„Robin? Schau sie dir an, was fällt dir auf?"
„Naja schon komisch hier dieses Tier mit Panzer zu sehen."
„Nein Quatsch, das meine ich nicht, sie ist nass."
„Na und?"
„Das könnte heißen, dass bald ein Wasser kommt und wir nicht verdursten müssen!"
„Oh, daran habe ich noch gar nicht gedacht, haha."
„Ich weiß, ich denke viel zu viel nach, aber das ist notwendig für unser Überleben!"
„Ich weiß, du bist einfach das Hirn von uns beiden, allein wäre ich schon längst im Himmel, haha."
„Das höre ich gerne, weiß ich doch, dass ich ein Genie bin, hihi. Aber nein, allein wärst du nicht tot, das hättest du schon irgendwie über die Runden gebracht."
„Egal, über so etwas dürfen wir uns keine Gedanken machen."

Das Ziel darf nicht mehr weit sein. Wenigstens eine Wasserquelle wäre nett. Kieselsteine und Muscheln bedecken nun den Erdboden. Die Mäuse verbreiten sich immer mehr. Eine zweite, etwas größere, Schildkröte zischt an mir vorbei. Ebenso mit Wasser überzogen. Es muss einfach wahr sein, in der Ungewissheit muss Trinkwasser für uns sein. Den neuen Dreck an uns könnten wir auch mal wieder abwaschen. Auffallende Käfer mit silbrigem Schimmer torkeln in Achter - Linien links von mir. Aufsehens erregende, winzige Heuschrecken in schwarzem Ton schließen sich uns an. Ein kühler, frischer Duft zieht an meinem Riechorgan vorbei. Ein dezenter Wind fährt durch unser Haar.

„Findest du nicht auch, dass es sich anfühlt, als ob wir bald wieder draußen sind oder so?"
„Ja kommt mir auch so vor, das wäre schön."
„Huch, mir ist gerade ein Tropfen auf die Schulter gefallen, entweder es regnet oder in unserer Nähe ist der erhoffte Durstlöscher."
„Hoffen wir mal nicht auf den Regen, aber ändern können wir es eh nicht."
„Stimmt."
Die erfrischende Brise nimmt kein Ende, unglaublich angenehm. Der fehlende Sauerstoff fühlt sich zurzeit erholt an. Meine Ballen am Fuß haben mittlerweile eine stabile Hornhaut entwickelt, wegen dem vielen Barfuß gehen. Zu meinem Besten bluten sie nicht mehr und die Blasen werden auch immer besser. Meinen Bikini werde ich wohl nie mehr richtig sauber kriegen, was für eine Erinnerung, haha! Die Badehose von Robin sieht auch grausam aus, aber naja, es hilft eh nicht. Ich denke, dass sind unsre kleinsten Sorgen. Der sanfte Wind verstärkt sich. Auf meinen Schultern sammeln sich immer weitere Tropfen. Das Licht wird greller. Da vorne sieht es fast nach Freiheit aus. Oh, sieh an, wie ein kleiner Saal aus Erde, wo die Decke nicht vorhanden ist. Daher kommt also die sauerstoffreiche Luft. Eine kleine Pfütze, circa zwei Pizzateller groß, ist angereichert mit glasklarem Wasser. Es scheint kein schlechtes Wetter zu sein, woher kommen dann die Tröpflein? Seltsam. Dieses Wort habe ich auch schon oft gebraucht, da eine andere Beschreibung der Zustände nicht möglich war.
„Robin, hast du eine Idee, woher die andere Nässe kommt?"
„Nein nicht wirklich, aber sieh mal, da liegt schon wieder ein Zettel. Komplett zerknüllt."
„Ah ja stimmt. Ich hole ihn und werfe einen Blick darauf."
Hier wird mein letztes Stündchen schlagen. Falls du das hier liest, ich konnte nicht rauf klettern, da mein Bein zu schwer verletzt war, aber bitte versuch du es. Es könnte die Lösung sein, nach der du schon seit Tagen suchst.

„Oh, der oder die Arme! So kurz vor dem Tod, das Bein muss sicher schlimm ausgesehen haben. Ich frage mich nur, wo der Leichnam ist, aber gut, dass wir ihn nicht zu Gesicht bekommen."
„Ja wirklich traurig. Aber wie schaffen wir es da hoch? Es ist nichts zum Klettern da und es muss locker vier Meter hoch sein!"
„Bella, ich habe eine Idee."
„Erzähl mir mehr!"
„Ich helfe dir mit all meinen Mitteln nach oben, ein guter Start wäre die Räuberleiter, danach ziehst du mich hoch."
„Klasse Vorschlag, aber was ist wenn ich es nicht schaffe? Ich lasse dich nicht zurück!"
„Wir werden es schon so lala hinkriegen, okay?"
„Okay."
„Da hinten sind geschwungene Wurzeln am oberen Rand, wenn du die erwischt, könntest du wirklich hochkommen."
„Das sieht verlockend gut aus, so machen wir es!"
„Perfekt!"

Noch immer gefangen – 19

Ein erneuter Versuch in die Freiheit startet jetzt. Spannende Sache. Festhalten kann ich mich erst ganz oben, vorerst muss Robin einiges an Arbeit leisten. Er macht gerade die Räuberleiter und ich versuche auf ihn zu steigen, ohne dass ich ihn verletze. Ein bisschen wackelig, aber es sieht gut aus. Als nächstes auf seine Schultern. Noch brenzlicher als zuvor, aber ich kann mich halten.
„Erwischst du eine Wurzel?"
„Fast, ich versuche mich mehr zu strecken."
„Achtung, ich gehe auf Zehenspitzen, es könnte ein wenig unstabil werden, aber so bist du näher dran."
„Bin bereit."
Huch, gefährlich, aber ich bin relativ stabil. Ja ich hab sie! Eine Wurzel! Ob ich es schaffe mich da hochzuziehen?
„Bella, versuch es einfach, ich werde so gut es mir gelingt nachschieben, dass du weniger Kraft brauchst, für den Fall, dass zu zurück stürzt, werde ich für eine weiche Landung sorgen!"
„Ich werde mich anstrengen!"
Die Schmerzen muss ich ab jetzt komplett ausblenden. Nur konzentrieren und meine gesamte Kraft in das Ziel investieren. Und zack. Die nächste Wurzel wurde soeben erfasst. Ich ziehe mich mit gewaltigem Zug nach oben. Robin hilft mir solange er groß genug dafür ist. Es fehlt nur mehr ein halber Meter. Und die Nächste habe ich ergriffen. Meine andere Hand erklimmt schon den Rand. Es reicht noch nicht. Mist! Nicht aufgeben. Ruhig bleiben. Meine Kräfte dürfen nicht nachlassen. Ich drücke mich nach oben. Es scheint zu klappen. Robin kann mir nicht mehr viel helfen, dafür ist er zu klein. Und meine zweite Hand erklimmt den Rand. Wahnsinn wie gut sich das anfühlt! Einmal muss ich mich noch zusammenreißen. Ich fühle mich wie Hulk. Meine Kraft wird immer stärker, dass muss mein ausschlaggebender Wille sein. Ein paar

Zentimeter und ich kann mein Bein hochschwingen. Erster Versuch, fehlgeschlagen. Ich muss weiter. Und zack! Mein Fuß hat die Hürde geschafft. Eins, zwei und drei! Ich bin da! Oh mein Gott, ich kann es kaum fassen!
„Gratulation Bella! Was siehst du da oben?"
„Es sieht aus wie in einem dieser Märchenwälder, aber nicht endlos. Ich bin hier unter einer Glaskuppel, frei kann man das nicht nennen. Aber ein ganz schmaler Fluss fließt hier durch, von da kommt das Wasser."
„Oh wow, das kann jetzt was Gutes oder Schlechtes sein, das werden wir schon noch herausfinden."
„Genau. Ich habe noch ein paar Reserven, um dir hoch zu helfen, kommst du?"
„Ich werde es versuchen, ich hoffe ich rutsche nicht ab."
„Das bekommst du schon hin!"
Ich darf meine Liebe jetzt nicht enttäuschen, sie hat bestimmt nicht mehr viel Power in den Händen, sie will mich nur nicht hier unten lassen. Ich muss versuchen hoch zu springen, um schnellst möglich eine Wurzel zu fangen, denn alles darunter ist unmöglich zu besteigen. Selbst meine Kletterkünste können mir da nicht helfen. Anlauf nehmen und Sprung! Ach nein, das wahr wohl nichts. Nochmal. Verdammt.

– nach 9 nutzlosen Sprüngen –

Einmal noch, sonst brauch ich eine Pause. Und los! Jawoll! Ich habe das erste Hindernis bestanden.
„Weiter so Robin, das schaffst du locker!"
„Sehen wir gleich!"
Wenn ich mich geschickt nach oben hantle, sollte das kaum zu einem Problem werden. Ein Schwung wie von Tarzan. Und die Nächste habe ich ergriffen. Und zack, noch eine. Nun bin ich fast am Ende, Bella hat fast meine Hand. Gut, ich habe ihre Hand ergriffen, sie macht das gut. Mein anderer Arm ergreift schon den äußeren Boden. Und ziehen. Fes-

ter. Und jawoll, mein Bein hat das Schwingen auch geschafft.
„Komm schon Robin, ich hab dich, sei entschlossener, dann wirst du bei mir sein!"
„Mach ich."
Jippie! Ich bin da! Oh nein, tatsächlich unter einer Kuppel. Ich dachte, sie wollte mich veräppeln.
„Bist du erleichtert?"
„Klar, aber es ist, als ob wir nach wie vor gefangen sind. Das macht mich skeptisch."
„Mich auch, aber vielleicht finden wir hier nun den Weg zurück ins kalte Land, dort wo alles normal ist und wir auch wieder nachhause kommen mit einem Flugzeug."
„Das wäre das Beste, was uns je passieren könnte. Schon lange habe ich mich nicht mehr so auf mein Daheim gefreut."
„Geht mir genauso."
Es ist zwar wie im Paradies, jedoch unter einem gläsernen Dach. Die Fläche schätze ich auf gute 100m2, also wie eine etwas größere Wohnung bei uns. Man sieht außerhalb ein paar Vögel fliegen. Im Inneren befindet sich nur einziges Tier, zumindest habe ich noch kein anderes zu Gesicht bekommen. Es ist ein Tiger mit weißem Fell und sein Muster hat elegante pastell Töne in lila, rosa, blau und grün. Er wirkt unglaublich friedlich und beachtet uns nicht einmal. Vor dem fürchte ich mich nicht, er ist noch eher klein und sieht niedlich aus. Wie ein zuckersüßes Baby in der Welt der Tiere von Estell.
Der in Zeitlupe fließende Bach hat etwas majestätisches. Sein Wasser schmeckt zartschmelzend auf der Zunge und stillt meinen Durst sehr komfortabel. Zu Essen habe ich nichts Nützliches entdeckt, allerdings wollen wir ja bald weg von hier sein, so bald, dass uns der geringe Hunger nichts tut. Blumen in gigantischer Größe ragen über unsere Köpfe statt Bäumen. Wie Sonnenschirme stehen sie über uns. Die Luft ist frisch und die Temperatur ist auch genehm.
„Hast du eine Idee, wie wir hier weiterkommen?"

„Nein, ganz und gar nicht. Wir könnten im Buch nachsehen, aber ich bezweifle, dass da etwas relevantes steht."
„Ich beginne mal zu blättern."
Hm, es wird weder eine Kuppel aus Glas, noch ein Weg in der Unterwelt beschrieben. Auf dem letzten Blatt ist ein kleiner Text ohne Überschrift. Meine Reise endet hier. Diesen Absatz schreibe ich nun kurz vor meinem Tot, wegen Verhungern und zu vielen Verletzungen. Für den Fall, dass du es an einen Ort geschafft hast, den ich nicht beschrieben habe, könnte das dein Glück sein. Vielleicht findest du ja einen Weg ins Jenseits. Liebe Grüße, Paul.
„Das sind ausgezeichnete Nachrichten!"
„Vermutlich."
„Denk nicht so negativ!"
„Es wäre einfach ein Traum, aber es ist schon so lange her, wann kommen wir wirklich zurück?"
„Das wissen wir zwar nicht, aber glauben wir einfach bald, dann ist unsere Laune besser."
„Ja hast recht."
Nun erkunden wir die Gegend mal etwas genauer. Ich schreite entlang des Wassers. Angenehme Atmosphäre. Es scheint mir, als ob ich da etwas Verschwommenes sehe, nicht weil ich eine Brille brauche, es ist nur dieser Fleck. Da müssen wir schnell hin.
„Robin, was meinst du könnte das sein?"
„Ich habe keine Idee, aber wir müssen es wohl herausfinden."
„Gut, dann starten wir los."
„Oh warte, der Tiger bewegt sich."
„Der ist so süß, der kann uns kein Haar krümmen, komm jetzt!"
„Na gut"

Das Portal – 20

In Kürze sind wir da. Es sieht aus wie ein Kreisel in dem seltsamen Fleck. Ein rosaroter Schimmer glänzt uns entgegen. Der Wind wird in diese Richtung stärker. Was kann das sein? Es ist komisch. Kommen wir so wieder durch diese Glaskuppel? Ist es ein Ausgang? Moment mal. Was wäre, wenn es ein Portal zurück auf die Erde wäre? Oh mein Gott!
„Robin! Schau mal genau! Denkst du das gleiche wie ich?"
„Ich versteh nur Bahnhof."
„Das könnte ein Portal zurück sein!"
„Nach Estell ohne Kuppel?"
„Nonsens! Das habe ich auch gedacht, aber denkt mal anderes!"
„Oh, du meinst in unsere Heimat?"
„Ja genau! Das wäre absolut unfassbar, oder?"
„Ja!"
Wir müssen nur herausfinden wie und wann das möglich ist, also wenn es möglich ist. Wir können niemanden fragen und Nachrichten sind daweil keine aufgetaucht.
„Was sagst du dazu, wenn wir beide einmal die Hand ausstrecken in die Richtung? Vielleicht spüren wir was."
„Ja eine hervorragende Idee, aber es muss wirklich zur gleichen Zeit sein, nicht dass einer von uns hineingezogen wird und der andere verweilt hier."
„Ja das stimmt. Geben wir uns einfach die Hand und halten sie so rein?"
„Passt."
Oh nein, ich bin völlig nervös, was passiert jetzt? Ist es unser Ende oder doch endlich ein Lichtblick für uns? Tja das finden wir jetzt heraus. Langsam schleifen wir uns nach vor in die Richtung des Unfassbaren. Zittrig bewegen wir unsere Arme dort hin. Fast. Und jetzt. Okay, wir stehen noch da, aber wir können tatsächlich durchfassen. Ein leichter

Sog war zu spüren.
„Bella, willst du hindurch wandern? Es könnte klappen."
„Ja, auf Drei!"
„Eins..."
„Zwei..."
DREI! Und zack, wir sind drinnen, oder so ähnlich. Eine gewaltige Zugkraft zieht uns einfach in eine Richtung. Es dreht sich alles. Wie ein Kreisel. Wir schweben. Ist es endlos? Wo werden wir landen? Ich hoffe zuhause oder in Alaska. Bunte Farben spiegeln sich um uns herum. Mir wird schwindlig, so als ob ich mir was eingeworfen hätte, haha. Solange es nicht wie bei diesen verfluchten Früchten wird, ist alles in Ordnung. Es fühlt sich an, als ob es gleich wieder zum schrecklichen Tornado wird, wie bei unsrem Ausflug hier her von der Therme. Es könnte ein gutes Zeichen sein. Oder auch nicht? Hm. Es hört nicht auf. Ich werde ganz schwummrig. Wird mir gleich wieder schwarz vor Augen? Kann schon sein. Meine Wahrnehmung wird immer weniger.
Bella scheint erneut in Ohnmacht gefallen zu sein. Zum Glück halten unsere Hände noch einander. Bald wird es mich treffen. Wie vor einiger Zeit, als wir hier gestrandet sind. Dieser Flug im farbenfrohen Freien wird immer anstrengender. Mein Körper wird schwerer. Meine Sicht ist eingeschränkt.

– nach einem kurzen Schlaf –

Oh, wo bin ich? Wir sind noch immer in dieser Schwerelosigkeit. Momentan schweben wir sanft dahin, ohne uns wirklich zu drehen. Viel angenehmer. Wäre nur interessant zu wissen, was wir alles gerade verpasst haben und wie viel Zeit vergangen ist. Robin macht auch die Augen auf.
„Bella, alles okay?"
„Ja, bei dir auch?"
„Sicher. Weißt du was passiert ist?"

„Nein auch nicht. Wir können eh nur weiter schweben und hoffen bald zu landen."
„Stimmt."
Die Farben haben sich verändert. Nun ist alles in grellem Grün. Wir haben keine Gesellschaft. Das einzige was da ist, ist dieser schräge, unendliche Tunnel ohne Schwerkraft und ein Klang. Zart und berauschend. Man könnte meinen, er hat uns in Trance gesetzt und wird es wieder tun. Spiralen tauchen um uns auf. Sie drehen sich. Werden schneller. Langsamer. Bleiben stehen. Und wieder von vorne. Vielleicht spielt meine Fantasie verrückt. Halluzinationen könnten es auch sein oder einfach die Realität. Ich fühle mich verwunschen. Ist es wirklich ein Kanal, nachdem wir wieder normal leben werden? Sterben wir gerade und ahnen nichts davon?
„Meinst du, wir kommen bald hier raus?"
„Liebes, ich weiß es nicht. In meinem Kopf befindet sich ein reines Durcheinander, aber es wird bestimmt eine gute Lösung für uns geben."
„Und was ist, wenn wir gerade sterben? Es wäre möglich, dass das mit dem Licht gemeint ist, welches man am Ende sieht."
„Ach nein, denk nicht immer so schrecklich, wir werden es schaffen!"
„Naja okay."
„Und zwar mit Links!"
„Freut mich, wie du empfindest. Ich hoffe, diese positive Energie überkommt mich auch noch."
„Denk einfach über was anderes nach."
„Ich versuche es."
Ich schließe meine Augen. Ich stelle mir vor, wie ich mit Robin auf Hawaii bin und wir am Strand liegen. Wir lassen uns sonnen. Die Wärme streichelt meine Haut. Die Freude steigt in mir. Robin küsst mich wie ein Gentleman. Er cremt meinen Rücken ein, damit ich keinen Sonnenbrand bekomme. Die Massage mit seinen maskulinen Händen tut mir sehr gut. Ich kann mich vollkommen entspannen. Der salzige Duft des Meeres steigt in meiner Nase auf. Das Gefühl von einem lang ersehnten

Urlaub, der endlich stattfinden kann, ist überwältigend.
Ach, das war jetzt ein schönes Bild, das sollte ich öfter probieren. Nach wie vor sind wir in diesem Portal. Seltsam, dass das so lange dauert, aber ich glaube, ich mach die Äuglein wieder zu und schlafe noch eine Runde.
Ich werde das gleiche wie Bella machen, ist besser, wenn ich es nicht so genau mitkriege was passiert.

– nach einem erneutem Nickerchen –

Ich habe so gut geschlafen, aber ein Ruckeln hat mich geweckt. Ahh! Wir fallen mit höchst Geschwindigkeit in die Tiefe. Hilfe! Robin wach auf! Er lässt sich nicht aus der Ruhe bringen. Mein Kreislauf könnte gleich wieder versagen, wenn das so weiter geht. Es wird nicht besser, sondern immer schlimmer. Mir wird ganz schwummrig. Was zur Hölle passiert hier schon wieder?! Ich kann mich nicht mehr kontrollieren. Wir fliegen Kreuz und quer wie wild herum. Das ist ja schon fast ein Sport, so anstrengend wie das ist, haha. Die Panik kommt wieder hoch. Immer mehr und mehr. Oh, Robin ist aufgewacht.
„Ah! Oh mein Gott Bella, was ist hier los?"
„Ich weiß es auch nicht, es ist schon eine lange Zeit, dass wir so unkontrolliert wie verrückt herumfliegen."
„Wie kann du nur so ruhig sein?!"
„Naja, bin ich jetzt wohl schon gewohnt."
„Oh Gott, was soll der Mist!"
„Beruhig dich, ich bin auch sehr verzweifelt, aber wir können es nicht ändern, ein Ende wird es bestimmt geben."
„Haha, und wann?"
„Wenn ich das wüsste, würde ich dir bescheid geben."

– nach ewig langem Höllen Flug –

Ein wenig hat es sich wieder eingebremst. Die Umgebung bewegt sich geringer. Robin ist zur Ruhe gekommen. Rumps! Wir stehen? In der Luft? Hä? Wie angekettet befinden wir uns fassungslos in Richtung Abgrund. Wann hört der Schwachsinn auf? Selbst ein schlechter Film hat ein Ende, welches nicht immer mit dem Tod enden muss. Bei uns gewiss auch nicht. Oder doch? Ich bin stink sauer. Es musste auch wirklich genau uns treffen. So eine Frechheit! Das will ich mir nicht gefallen lassen! Aber wie es aussieht muss ich.
„Bella, kannst du dich bewegen?"
„Nein, nicht einen Millimeter, du?"
„Keines Wegs."
„Was machen wir jetzt?"
„Gar nichts, wir sind nicht in der Lage dazu, oder?"
„Ja stimmt leider."
„Willst du über etwas anderes reden zur Ablenkung?"
„Ja, aber was nur?"
„Magst du Hunde oder bist du eher ein Katzenmensch?"
„Haha, lustige Frage. Am, naja also ich finde beides putzig, aber vor einigen Hunden habe ich Angst, also wird das immer schwierig. Du?"
„Ich finde auch beides entzückend, aber Katzen sind mir lieber, die sind ein bisschen weniger Arbeit."
„Ja da hast du absolut recht."
„Wo möchtest du unbedingt mal hin, wo du noch nie warst?"
„Auf den Südpol zu den Pinguinen. Ich würde sehr gerne für ein paar Monate dort auf einem Forschungszentrum bleiben, das finde ich äußerst interessant. Und du?"
„Wow, das ist ein echt genialer Plan! Und meinem sehr ähnlich, ich will das gleiche auf dem Nordpol bei den Eisbären machen. Es sind so interessante Tiere in gigantischer Größe."
„Echt? Das ist ja cool, dass wir sogar das gemeinsam haben!"

„Finde ich auch!"
„Spürst du das? Wir tauen wieder auf, es geht glaube ich gleich weiter."
„Ja es beginnt sich alles zu lösen."
Das Gespür in meinen Beinen und meinen Fingern kommt wieder retour. Angenehm. Oh nein, ich merke einen erneuten Sog nach unten. Schneller. Aber nicht so durcheinander wie zuvor. Zack. Au. Wir sind auf einem hartem Boden aufgekommen. Alles ist vernebelt, aber es verzieht sich langsam. Es sieht ziemlich gewöhnlich aus, auch wenn ich noch nicht so viel erkennen kann. Grüne Fläche kommt zum Vorschein. Klares, blaues Wasser verbirgt sich hinter der Nebeldecke. Wo sind wir?

Wieder im Lande – 21

„Robin? Hast du eine Idee, wo wir sein könnten?"
„Nicht wirklich, aber da drüben steht ein Mann, den könnten wir fragen."
Ein Herr, Mitte 70 müsse er sein, mit langem, weißem Bart, einem rot karierten Hemd und blauer Jeans, ist bei dem schönen See da hinten angeln. Er hat ein freundliches Gesicht und hat anscheinend Spaß. Gleich sind wie bei ihm.
„Grüß Gott, könnten Sie uns sagen, wo wir sind?"
„Excuse me, only English."
„Oh sorry, can you tell me, where we are here?"
"Yes of course, you are in Canada in British Columbia."
"Thank you!"
Was? Wir sind in Kanada? Das ist so ein schönes Gefühl! Ich könnte ausflippen vor Freude! Wir kommen wieder heim!
„Bella? Das ist ausgezeichnet!"
„Ja finde ich auch! Und nach Kanada wolle ich eh auch bald fliegen."
„Ist wirklich ein großartiges Land und British Kolumbien ist wahnsinnig schön, ich meine sieh dich um!"
„Ja extrem, aber wir brauchen dringend etwas zum Anziehen, hier neben dem See ist es nicht so schlimm, aber danach ist es blöd."
„Ja da hast du recht, aber wo bekommen wir das her? Wir haben kein Geld dabei und mein Akku ist alle."
„Hm. Naja, wir könnten einfach mal losgehen und dann bei der nächsten Hütte oder so fragen, ob sie ein Ladekabel haben und eventuell etwas zum Drüberziehen für uns. Die Menschen sind angeblich sehr großzügig und freundlich hier, wir könnten es versuchen."
„Guter Vorschlag, mehr als blamieren können wir uns eh nicht."
„Genau."
Unsere Wanderung in den Wäldern von Kanada kann beginnen. Ich

hoffe, wir finden bald ein bewohntes Haus oder eine Hütte. Ein Lebenszeichen wäre echt super. Natürlich könnten wir auch den Herrn fragen, aber er könnte weit gefahren sein und hat bestimmt nichts dabei also wollen wir ihm keine unnötigen Umstände machen. Es ist sehr frisch hier in der Natur, es hat maximal 12 °C und das ist in unseren Badeklamotten schon kalt. Gigantische Bäume sind rund um uns. Der eine pompöser wie der andere. Das macht mich nostalgisch nach unserem Wald zuhause. Ich bin heil froh hier zu sein, auch wenn wir erst einmal etwas Geld auftreiben müssen, um wieder nach Alaska zu unseren Sachen zurück kehren zu können und anschließend die Heimreise antreten können.

Ein rauschendes Wasser ist zu hören. Die Landschaft spiegelt wunderschöne Farben nieder. Einige Vögle zwitschern um die Wette. Andere Tiere haben wir daweil nicht entdeckt, was auch sehr gut sein kann, denn was wenn wir auf einen Bären treffen? Was machen wir dann? Wir sind nicht mehr in Estell, hier ticken die Viecher anders und Bären sind wahnsinnig gefährlich. Ich habe den Wunsch nur liebenswerten Geschöpfen zu begegnen, immerhin glaube ich jetzt wieder ganz fest an das Gute. Ich meine, wir sind zwei von wenigen Menschen, die es zurückgeschafft haben, außer sie haben uns verarscht. Egal, Hauptsache wir sind da. Der Boden ist mit Steinen, Erde und Wurzeln bedeckt. Die Sonne strahlt uns prächtig an, trotzdem wird es nicht wärmer. Der Wind bläst um unsere Ohren, er wir immer kräftiger. Ich zittere schon am ganzen Körper. Mir scheint es, als ob hinter dem riesigen Nadelbaum ein Häuschen steht. Wir müssen unser Glück versuchen.

„Robin, siehst du das auch?"

„Ja, es wäre super, wenn jemand zuhause ist und uns nett entgegenkommt."

„Wir müssen es versuchen."

Ich klingle mal. Nanu, keine Glocke? Naja, dann werde ich klopfen. Wir warten. Es hört sich an, als ob da jemand kommt. Ich überlasse Robin das Reden. Eine Dame mittleren Alters mit Jogginghose und rotem

Pullover macht uns die Tür auf. Sie wirkt sehr freundlich und zuvorkommend, hoffentlich täuschen wir uns nicht.

– nach dem Erklärungsgespräch –

„Bella, wir dürfen rein. Sie wird mein Handy aufladen uns etwas zum Drüberziehen geben und uns eine Suppe kochen."
„Was? Im Ernst jetzt? Ich bin fassungslos vor Glück!"
„Ich auch!"
„Und ich bin begeistert, dass du Französisch kannst."
„Das hatte ich in der Schule als Unterrichtsgegenstand. Sie verstehen auch Englisch, das haben wir bei dem Mann vorhin gemerkt, aber die meisten reden Französisch."
„Das wusste ich gar nicht."
„Deshalb erwähne ich es ja."
Wir treten ein in die gute Stube. Alles ist hölzern. Ein richtiger Land Stil, das beeindruckt mich, es ist viel gemütlicher als diese modernen Looks. Man fühlt sich gleich wie zuhause. Im Vorraum liegt ein Teppich in Champagner, ein Kästchen mit einem Spiegel darüber und viele Fotos. Natürlich darf die Garderobe nicht fehlen. Das Wohnzimmer hat eine sehr breite, edle Couch in tiefem Schwarz. Eine Treppe führt von da in den nächsten Stock hinauf. Wir lassen uns in der Küche beim Esstisch nieder und sie bietet uns als erstes ein Glas Wasser an, danach stellt sie die Suppe zu. Während die Suppe kocht, flitzt sie schnell hinauf, wohl möglich holt sie uns Kleidung. Gott muss sie geschickt haben, so hilfsbereite Menschen trifft man selten. Sie hat die Heizung aufgedreht, jetzt wird uns endlich wärmer. Robins Handy hängt auch schon am Kabel, das ist prima, denn dann können wir gleich Michael anrufen und ihn fragen, wie wir das Problem am besten bewältigen. Am einfachsten wäre es, wenn er uns einen privaten Flieger schickt, der mit uns die Sachen vom Nachbarland abholt und uns dann direkt nach Österreich bringt. Ah, da kommt sie schon wieder. Sie hat zwei gemütliche, graue

Hosen jeweils für einen von uns und einen Pullover mit Kapuze in rot und schwarz in den Händen. Ich bin so erleichtert, wir müssen ihr das irgendwie wieder zurückgeben können, sonst habe ich ein schlechtes Gewissen. Unsere Mahlzeit duftet auch schon hervorragend!

– nach dem Umziehen –

Wir sitzen wieder da und schlürfen unsere Suppe. Sie ist köstlich! Ich weiß nicht was es ist, aber es ist einfach super wieder etwas gescheites im Magen zu haben. Klar, sie könnte uns auch vergiften, aber davon dürfen wir auf keinen Fall ausgehen. Wir haben schon schlimmeres erlebt! Ein Stück Brot mit Käse überbacken hat sie uns auch dazu gelegt. Ein wahrer Festschmaus für unsere Verdauung. Noch immer wissen wir nicht, wie viel Zeit vergangen ist, aber bald können wir wieder mit Michael, unserem Chef, in Verbindung treten. Aber zuerst, lege ich mich schlafen.

– nach einer Stunde –

Zuversicht – 22

Klasse, mein Handy hat wieder genügend Saft. Ich werde gleich unseren Vorgesetzten anrufen. Bella hat sich daweil hingelegt zum Ausruhen.
„Hey Michael, hier spricht Robin."
„Ach du meine Güte, ich dachte ihr bleibt für immer verschollen oder seid schon längst gestorben! Ist Bella auch bei dir?"
„Nein, wir haben es geschafft! Ja, aber sie schläft gerade. Wie viel Zeit ist denn vergangen?"
„Das weißt du nicht? Ein ganzer Monat ist hinüber!"
„Bitte was?! Dann verstehe ich, warum du dachtest, dass wir nicht wiederkommen."
„Ich habe mir bereits wahnsinnige Sorgen gemacht, aber spielt jetzt keine Rolle mehr. Wo seid ihr denn gestrandet?"
„Wir sind in Kanada, momentan befinden wir uns in einem Haus in Wald bei einer netten Dame, die uns versorgt hat."
„Hä Kanada? Naja egal, habt ihr eure Sachen?"
„Das ist ja lustig, nein haben wir nicht. Wir sind damals beim Schwimmen verschwunden, dem entsprechend tragen wir nach wie vor unsere Badesachen und das Einzige was wir dabeihaben, ist mein Handy und ein paar Steine und Diamanten von unserer Fabelwelt."
„Oh was?! Das ist grauenvoll! Ich bin stolz auf euch, dass ihr das geschafft habt. Ich denke, ich werde einen Hubschrauber organisieren müssen, welcher euch und euer Zeug aus Alaska holt."
„Das ist eine spitze Idee!"
„Gut, dann melde ich mich später, wenn ich mehr weiß."
„Passt. Tschau!"
„Tschau!"
Es wird definit Zeit, Bella aus dem Träumer Land zu holen, sie wird sich bestimmt über diese guten Nachrichten freuen. Ich schleiche zur ihr hinüber. Tief und fest ist sie eingenickt, bezaubernd, aber es hilft nicht,

ich muss es ihr sagen.

„Bella? Komm wach auf!"

„Hm? Oh du bist das, was ist denn los?"

„Ich habe ausgezeichnete Infos für dich!"

„Schieß los!"

„Soeben habe ich mit Michael telefoniert, er wird uns einen Hubschrauber schicken, welcher unsere Sachen aus dem Hotel holt und danach auch uns mitnimmt."

„Wahnsinn! Man bin ich erleichtert, dass jetzt alles wieder gut wird."

„Verschrei es nicht, haha!"

„Darüber sollten wir gar nicht mehr lachen!"

„Wie lange denkst du, waren wir fort?"

„Gute Fragen, zwei Wochen?"

„Nein, das ist zu kurz. Einen Monat lang!"

„Ach du meine Güte und unser Chef hat sich keine Gedanken gemacht, wo wir sind?!"

„Doch hat er, er glaubte, wir seien bereits gestorben."

„Okay, das klingt schon etwas logischer."

„Ja finde ich auch."

Ich bin sehr froh, bald wieder zuhause zu sein. Gerade trinke ich einen heißen Tee mit leckeren Früchten. Er schmeckt einfach vorzüglich. Mir ist endlich wieder warm, aber fertig sehe ich noch immer aus, das ist allerdings auch verständlich. Robin grinst auch über beide Ohren und genießt einen grünen Tee. Ich lehne mich erleichtert bei ihm an, blicke entspannt aus dem Fenster und bin stolz auf uns, sehr stolz und zufrieden. Robin hat vorhin nochmals mit der Frau gesprochen, es ist gar kein Problem, wenn wir über Nacht bleiben, bis wir abgeholt werden. Wie man nur so selbstlos sein kann und einfach wild fremden Menschen hilft, das ist echt großartig. Sie hätte einen Orden von mir höchst persönlich verdient!

Der gemütliche Platz mit Bella und meinem warmen Getränk ist einfach erste Klasse. Wir brauchen uns nun keinen Stress mehr machen,

wie wir zurückkommen und vor allem wann, denn das haben wir eine lange Zeit nicht gewusst. Ich glaube, wir zwei sind ein wenig abgemagert, aber das ist kein Wunder. Ich bin gespannt, was Michael für einen Eindruck hat, wenn er uns sieht, er kennt uns beide immer top in der Mode gekleidet mit den teuersten Markenklamotten und einem frischen Auftreten. Bei unserer nächsten Begegnung wird er schockiert sein, Schlabberklamotten und alles andere als frisch und munter, aber ich fühle mich gut. Ich fühle mich Super! So zufrieden gestellt war ich schon seit einer Ewigkeit nicht mehr. Wir haben gelernt, wie es ist, wenn man nichts hat und auf sich allein gestellt ist, grundsätzlich ist das eine hervorragende Erfahrung, auch wenn wir uns das nicht ausgesucht haben. Nicht alles ist ein Geschenk, aber immer eine Lektion. Es hat uns bestimmt viel gelehrt. Unser Artikel wird nicht wie erwartet, aber dafür ums tausendfache besser! Das ist eine Geschichte, die unsere Leser berühren und begeistern wird. Ein schreckliches Erlebnis mit zwei Personen, die sich verliebt haben, Es könnte ein ganzes Buch werden, haha.
Robin träumt vor sich hin, das ist ein schöner Anblick, Ich bin so befreit darüber, dass Michael mir diesen unglaublichen Mann geschickt hat, der Tag, an dem ich so entsetzt war – unbezahlbar! Es war ein Schock, aber es hat sich gelohnt. Ich hoffe, Michael beeilt sich mit dem Hubschrauber, mein Liebster hat nichts zu mir gesagt, wann er kommt. Sein Handy klingelt. Er besteht darauf, dass ich ran gehe. Na gut, meinet Wegen.
„Hallo, hier spricht Bella."
„Oh Bella meine Liebste! Wie geht es dir? Alles okay?"
„Danke, alles in Ordnung ja. Bei dir Michael?"
„Bestens, nachdem ich heute erfahren haben, dass ihr am Leben seid."
„Ob wir das schaffen, wussten wir auch lange nicht."
„Aber jetzt seid ihr ja da! Ich habe mit meinem Piloten telefoniert, Er wir heute Nacht starten."
„Das ist klasse! Macht er zuerst bei uns einen Zwischenstopp, oder ist

der erste Halt in Alaska und er nimmt uns beim Rückflug mit?"
„Er holt euch zuerst ab, dann die Sachen. Ich möchte euch nicht erneut verlieren."
„Prima, eine genaue Uhrzeit weißt du wahrscheinlich nicht, oder?"
„Nein leider, aber ihr läuft mir doch nicht davon, habe ich recht?"
„Auf keinen Fall, haha! Die Dame, bei der wir untergekommen sind, soll irgendein Geschenk von uns bekommen, könntest du etwas mitschicken?"
„Ja das ist eine gute Idee, an was hättest du gedacht? Ein wenig Geld uns schöne Rosen dazu?"
„Das klingt gut, 200 Euro sollten drinnen sein, oder?"
„Ja das ist gar kein Thema, vielleicht lege ich noch etwas drauf, da es echt eine Heldentat ist! Soll ich noch Pralinen dazu geben?"
„Ja, das ist eine nette Idee. Deine Großzügigkeit weiß ich sehr zu schätzen."
„Das ist wirklich nicht der Rede wert, das Wichtigste ist, dass ich meine Profi Journalistin wiederhabe, aber ich denke Robin macht sich auch nicht schlecht, eurer Artikel wir der absolute Hit werden!"
„Oh, danke! Ja das will ich wohl hoffen! Ich bin der glücklichste Mensch auf Erden, dass ich dank dir Robin kenne!"
„Hab ich's doch gewusst, dass ihr ein Traumpaar werdet. Oder etwa doch nicht?"
„Ja, das könnte man schon so sagen, hihi."
„Das freut mich außerordentlich für dich, du hast es verdient!"
„Dankeschön!"
„Keine Ursache! Die Arbeit ruft wieder, alles geklärt soweit?"
„Ja, ich denke schon."
„Sehr fein! Alles Gute und bis morgen oder halt übermorgen!"
„Danke, schönen Tag noch, wir sehen uns!"
„Und Bella, was spricht er?"
„Der Pilot wird in der Nacht losfliegen, zuerst holt er uns und danach geht's wieder nach Alaska und anschließend nachhause!"

„Das ist bemerkenswert! Ich könnte tanzen vor Freude!"
„Ja ich auch! Er schickt für die nette Frau ein kleines Geschenk mit, damit wir uns bedanken können."
„Eine prima Idee, weißt du auch was?"
„Ja, Rosen und Pralinen und Geld, ich meine 200 Euro, aber er wird wahrscheinlich mehr hineingeben."
„Ja das ist doch das Mindeste!"
„Stimmt. Willst du mit mir raus auf den Balkon, die Natur genießen? Ganz raus in den Wald möchte ich nicht, man weiß ja nie, haha."
„Ja gerne, ist besser, wenn wir ein wenig geschützt sind."

Den Moment genießen – 23

Die Terrasse ist wirklich groß. Sie hat sehr schöne Blumen als Zierde aufgestellt. Eine Orchidee, einen Hibiskusbaum, einen Stock Rosen, Stiefmütterchen und noch einige mehr. Ich bin verrückt nach diesem blumigen Duft. Erneut höre ich das Zwitschern der Vögel, welches angenehm in meinen Ohren erklingt. Eine Katze schleicht zu uns heraus, sie muss unserer Retterin gehören. Sie ist hellgrau, mit dunklen Streifen, hat weiße Pfoten, blaue Äuglein und sie ist noch sehr klein, so ein süßes Ding habe ich schon lange nicht mehr gesehen, so ähnlich wie in der Whiskas Werbung. Sie schnurrt uns an, schweift um meine Beine und wirft Robin einen verdutzten Blick zu. Entzückend! Der Himmel strahlt uns an mit der prächtigen Sonne. Wahrhaftig schönes Wetter und ein traumhafter Ausblick. Wir setzen uns hin, ich lehne mich an seiner Schulter wie so oft an. Ich schließe meine Augen und atme tief ein und aus. Mein Atem wird schwerer und ich kann mich voll und ganz diesem Moment der Entspannung hingeben. Er legt seinen Kopf auf meinen und wird ebenso ruhig. Diese Gelassenheit hat uns gefehlt. So vieles hat uns gefehlt, aber jetzt sind wir da. In Kanada, einem meiner Lieblingsländer. Auch wenn wir hier nicht lange verweilen werden, ist es trotz allem wunderbar.
„Bella, geht es dir gut?"
„Mir könnte es nicht besser gehen! Dir?"
„Das höre ich gerne, ja auch."
„Das ist gut. Findest du das Kätzchen auch so niedlich?"
„Ja sie ist wirklich bezaubernd. Sieh dir die schönen Bäume unter dem Blau des Himmels an."
„Ja mach ich, was willst du mir damit sagen?"
„In Estell war es auch so schön, aber wir konnten es gar nicht richtig genießen."
„Ja das stimmt, war zum Teil schon schrecklich, aber hey, wir haben es

gemeistert!"

„Ja stimmt, ich glaube, das können wir in der Zukunft nicht oft genug erwähnen!"

„Haha ja, wie wahr!"

In der Ferne sehe ich ein junges Mädchen umher tanzen. Sie hat blasse Haut, umgeben von unzähligen Sommersprossen. Ihre Augen glänzen sogar aus der Entfernung in tiefem Ozeanblau. Sie trägt ein rotes, elegantes Kleid und dazu Ballerina in Beige. Ihr Körper ist zart geformt mit langen Beinen. Ihr Lächeln mit den Grübchen ist einzigartig. Sie ist einfach wunderschön. Auch allein, sieht es aus, als hätte sie eine Menge Spaß und sie könne nichts aufhalten. Eine Kindheit wie diese heute noch zu erleben ist selten, zumindest in Österreich. Da spielt niemand im Wald so bedingungslos, da sitzen die meisten nur vorm Smartphone. Sie läuft zum See hinunter. Sie hebt einen Stein auf, der sehr abgeflacht ist. Sie wirft in ins Wasser und sieh an, drei Mal hat sie es geschafft in zu flitschen. Ich kann das nicht ein einziges Mal, haha. Da kommt jemand zu ihr, es scheint ihre Mutter zu sein. Gut, dass sie nicht komplett verlassen herumtollt, sie ist bestimmt maximal zehn Jahre alt. Der Wald kann gefährlicher sein als man denkt.

Bella starrt ganz fanatisch diesem Kind nach, sie scheint das Glück in ihren Äuglein zu sehn. Ich blicke zu dem Hund, der zu der Dame neben ihr huscht. Er hat weiß, braun und graues Fell und blaue Augen in eisigem Ton. Es muss sich wohl um einen Australian Shepherd handeln. Diese Tiere sehen einfach atemberaubend aus.

„An was denkst du gerade, Liebes?"
„An dieses entzückende Mädchen."
„Das hab ich mir fast gedacht."
„Und du, Robin?"
„An den eindrucksvollen Hund."
„Ja der ist süß."
Einige Zeit ist schon vergangen und nach wie vor tun wir gar nichts außer Relaxen und Nachdenken. Herrlich! Aber es geht mittlerweile um Stunden, es wird spät. Wir sollten wieder hinein gehen und uns schlafen legen, damit wir fit sind, wenn wir abgeholt werden.

Warten – 24

Nach ein paar Minuten begeben wir uns jetzt schließlich wieder ins Warme. Es ist bereits 21:00, Schlaf brauchen wir auch noch, um uns zu erholen und ich glaube kaum, dass wir wirklich gleich schlafen gehen, wenn wir im Bett sind, wenn ihr wisst, was ich meine.
Wer weiß, wann unser Flugtaxi da ist, aber ich rechne mit Vormittag, wenn alles glatt läuft. Die herzensgute Frau hat uns das Zimmer gezeigt und es ist besser als wir es uns je in den letzten Wochen vorstellen konnten. Meine Gedanken schweifen ständig in der Erleichterung. Der Raum ist mit Pflanzen vor dem Fenster bestückt. Er hat hellblaue Wände und eine Holzwand. Ein Doppelbett mit geblümtem, weißem Bezug steht für uns bereit. Es ist ziemlich hoch, ich meine, es ist ein Boxspringbett. Der Boden ist aus schwarzem Holz und ein Teppich aus hellbraunem Fell ist darauf platziert. Ein mittelgroßer Fernseher steht vor unserer Schlafgelegenheit mit zwei Fernbedienungen. Auf jeder Seite steht ein Nachtkästchen mit einer kleinen Leselampe und einer Taschentücher Box. Auf der Seite, die ich beziehen werde, steht als Deko ein Häschen aus Porzellan. Auf der von Robin steht eine Weltkugel in der Größe eines Tennisballs aus Kunststoff, die passt genau zu uns zwei. Hier fehlt uns nichts, wir können uns nicht beschweren. Die Nacht ist noch jung, mal schauen was sie noch so bringt.

– am Morgen danach –

Faszinierend. Ich fühle mich so frisch und munter wie schon lange nicht mehr. Ich habe traumhaft in den Armen meines Schatzes geschlafen, es war so bequem. Das Bett ist super. Robin ist noch nicht aufgewacht, aber ich lasse ihn auch noch in Ruhe, das hat er sich verdient. Ich werde sofort Michael anrufen, ob er Neuigkeiten für uns hat, bezüglich unse-

rer Abholung. Natürlich muss ich mir von Robin das Handy stibitzen.
„Hey Micheal, hörst du mich gut?"
„Freut mich von dir zu hören Bella! Ja ich verstehe dich ausgezeichnet!"
„Sehr gut, weißt du ungefähr, wann unser Pilot da ist?"
„Also ich weiß, dass er sicher gestartet hat, um Mitternacht. Normalerweise müsste er circa 16 Stunden fliegen, er hat zwar keine Zwischenlandungen, jedoch braucht er allgemein länger als mit einem Flugzeug. Das heißt, um 16:00 Uhr könnte er bereits da sein."
„Ah okay, danke. Ich habe eigentlich früher mit ihm gerechnet, aber ich habe nicht bedacht, dass wir sehr weit entfernt von euch sind. Aber das ist eine super Zeit!"
„Oh tut mir leid, dass du es dir anderes erwartet hast, ich könnte n..."
„Stopp! Hör auf damit, ich bin sehr zufrieden. Mehr als zufrieden, wirklich. Du brauchst dir nicht noch mehr Umstände machen!"
„Das ist lieb von dir Süße. Sonst passt soweit alles?"
„Ja, alles super. Bei dir auch?"
„Sowieso! Alles wieder im Griff, jetzt wo ich euch bald wiedersehe."
„Sehr fein! Hast du sonst noch Neuigkeiten für mich, die zurzeit für uns relevant sind?"
„Nein grundsätzlich wisst ihr alles was notwendig ist, sonst melde ich mich noch, aber ich glaube, dass ist nicht nötig."
„Okay, danke vielmals."
„Keine Ursache. Schläft Robin noch?"
„Ja, der hat sich noch kein Stück gerührt. Er soll ruhig noch liegen bleiben, es war eine anstrengende Zeit."
„Ja das glaube ich, dass ihr da einiges hinter euch gebracht hab. Ich bin schon gespannt auf eure Erzählungen."
„Oh ja, dass wird interessant. Es wird so mystisch, dass die Leser Angst und Bange bekommen werden, wenn sie sich auch nur ein wenig da hineinversetzen, aber es wird auch besonders magisch."
„Spannend, spannend. Aber Bella, ich muss jetzt wieder an die Arbeit, auch wenn ich verdammt gerne noch etwas plaudern würde."

„Kein Ding, bald sehen wir uns ja wieder."
„Ja das stimmt. Tschüss und alles Gute für die Heimreise auch beiden!"
„Dankeschön, tschau!"
Ich bin so aufgeregt, alles wird anderes sein in der Firma. Alle werden uns ausfragen. Es kann sein, dass es sogar in den Nachrichten kommt, da man mich als Journalistin kennt und Robin bleibt das auch sicher nicht erspart, auch wenn er erst seit Kurzem dabei ist. Oh, er öffnet die Augen.
„Morgen mein Schatz, bist du ausgeschlafen?"
„Guten Morgen Liebes, ja ich habe so gut geschlafen. Du auch?"
„Ja, ich habe selten so erholsame Nächte gehabt. Ich habe schon mit unserem Chef telefoniert wegen unserer Abholung."
„Und? Was spricht er?"
„Um 16:00 Uhr wird er wahrscheinlich da sein, kann natürlich abschweifen, aber so circa."
„Das ist super, dann genießen wir den heutigen Tag noch, denn zum Packen haben wir eh nichts, haha."
„Ja das stimmt."
Wir bewegen uns gemütlich wieder in den unteren Stock. Es duftet hervorragend nach Essen. Macht Sie etwa Ham & Eggs? Das wäre mein Traum! Ich liebe es! Wenn sie als Nachtisch noch ein Schokocroissant hat, ist sie meine Heldin! Nein, meine Göttin, haha! Der Tisch ist elegant gedeckt, sie hat sich viel zu viel Mühe für uns zwei verwahrloste Gestalten gemacht. Es ist unglaublich höflich und wie immer sehr zuvorkommend. Den Hunger kann ich in den Augen von Robin sehen, ich glaube, er ebenso bei mir. Diese leckere Kost sind wir gar nicht mehr gewohnt. Sie hat tatsächlich meine zwei Leibspeisen zum Frühstück, ich könnte ausflippen vor Freude!
Freundlich bedankt sich Robin bei ihr auf Französisch. Es schmeckt ausgezeichnet. Es steht so viel auf dem Tisch, ich kann es gar nicht aufzählen. Wichtig sind eh nur meine Leckerbissen, haha.
„Bist du auch so begeistert wie ich?"

„Ja extrem, es schmeckt so gut, ich kann gar nicht aufhören zu essen!"
„Haha ich auch nicht und weißt du was Liebster? Ham & Eggs und ein Schokocroissant mampfe ich am liebsten am Morgen!"
„Da haben wir schon wieder was gemeinsam! Ich finde, es schadet eh nicht, wenn wir mehr essen. Ich meine, sieh uns an, wir sind komplett ausgehungert!"
„Ja das stimmt, du siehst trotzdem sexy und gut aus. *frecher Grinser*"
„ Und du erst, meine Kleine!"
„Oh dankeschön! *glückliches Lächeln und rote Wangen*"
Heute ist unser Tag der Erlösung, nun kann uns nichts mehr passieren, also glaube ich halt. Nein, es wir alles gut gehen und der Alltag kann wieder weiter gehen!
Das Fenster ist geöffnet, die Geräusche der Vögel und es Waldes dringen herein. Die Atmosphäre ist so angenehm, da könnte ich doch glatt dableiben, Nein Spaß, mein zuhause und meine Kollegen, vor allem Michael, fehlen mir schon. Wir haben so ein super Arbeitsklima, das ist einfach einzigartig. In vielen Firmen ist es nicht so, vor allem, wenn es um den Journalismus geht. Wirklich traurig, da läuft alles so strikt ab und die Kollegen verstehen sich einfach nicht, das will ich nie haben. Auch wenn ich viel unterwegs bin und eher seltener im Unternehmen selbst, ist es mir trotzdem eine Herzensangelegenheit meine Kontakte zu pflegen. Ich habe Robin noch gar nie gefragt, wie es ihm dabei geht. Im Normalfall haben sie in alle ganz nett aufgenommen, da hatten wir noch nie Probleme. Zu mindestens nicht das ich wüsste.
Wir haben gut gespeist, im Anschluss werden wir wieder die Terrasse genießen. Ach, bin ich froh, dass wir uns das Packen sparen können, haha. Klar in Alaska dann schon, aber da sind wir dann schon weit gekommen.
Die letzten Momente noch mit Bella hier genießen gefällt mir äußerst gut. Ich kann mein Glück, welches nun endlich wieder da ist, gar nicht in Worte fassen. Nicht jede Firma kann einfach so einen Hubschrauber schicken, aber das ist das Beste, was einen passieren kann. So ausge-

laugt, wie wir sind, ist es echt spitze, dass wir nicht viel tun brauchen, um zurück zu kommen. Die Kraft fehlt uns komplett, auch wenn wir uns gerade vorhin ausreichend gestärkt haben.

– am frühen Nachmittag –

Uiui, es ist bereits halb drei, wenn alles klappt so wie es soll, dann sind wir bald im Hubschrauber. Müde bin ich auch schon wieder, ich bin einfach dauerhaft ausgelaugt, aber das wird schon wieder werden.
„Willst du noch etwas draußen die Natur genießen, bis wir zur Heimreise antreten können?"
„Grundsätzlich schon mein Liebster, aber ich habe Angst und Bange, dass wir uns verlaufen und dann erst wieder ein Problem bekommen. Lassen wir das lieber und bleiben bei der Terrasse?"
„Ja gut, da hast du recht. Ich will auch nicht mehr auf Risiko gehen."
„Passt, bist du auch nach wie vor so fertig und verschlafen?"
„Ja extrem, irgendwann werden wir uns schon erholt haben."
„Ja irgendwann..."
„Kopf hoch, es geht bald nachhause! Sei nicht so deprimiert!"
„Haha fast vergessen! Nein Spaß, du hast sowas von recht!"
„Eben!"
Diese Gespräche tun mir gut. Ich schließe nun gemütlich meine Augen, lehne mich an ihm an und warte einfach nur mehr ab, mehr kann ich eh nicht tun, mehr schaffe ich nicht.

Die Abreise – 25

Nanu, die Uhr schlägt Vier! Wo bleibt er? Ne Spaß, mir ist klar, dass er nicht um Punkt da sein kann, aber lange kann es nicht dauern.
Bella ist schon wieder ganz quirlig, süß! Oh, mein Handy läutet. Eine fremde Nummer? Hm...
„Hessel, Grüß Gott?"
„Hallo Robin, ich bin es, euer Pilot, Jürgen!"
„Ah, hallo! Bist du bald da?"
„Ich bin bereits in Kanada gelandet, ein Taxi bringt mich jetzt direkt zu euch, in 20 Minuten sehen wir uns."
„Klasse! Na dann, bis gleich!"
„Bis gleich!"
„Bella! Jürgen, der Pilot, hat sich gemeldet! In 20 Minuten ist er da!"
„Was? Nein echt? Ich bin so glücklich!"
„Und ich erst!"
„Er soll sich beeilen, hihi!"
„Nur mit der Ruhe Bella."
„Natürlich. *erleichtertes Grinsen*"
Diese verflixten Minuten, sie vergehen so gut wie gar nicht! Ich mache mir zu viel Stress, das sollte ich lassen, wird aber nix. Bald werden wir abgeholt, ich kann an nichts anderes mehr denken! Oh, schon wieder ein Kätzchen. Sie schnurrt mich verliebt an. Des Weiteren ist da eine kleine Maus, seltsam, dass sie nicht gejagt wird. Es gibt wohl auch spezielle Freundschaften. Ich höre ein Auto. Ist er das? Jürgen? Ich hoffe es! Es klopft an der Tür. Es muss er sein!
„Hello, are my friends there?"- fragt er ganz freundlich.
"Hey Jürgen! Da bist du ja!"
„Schön euch beide zu sehen! Ich gebe eurer Gastgeberin noch schnell das Geschenk, dann können wir aufbrechen."
„Ist gut!"

Er hat einen Umschlag und einen großen Strauß Rosen dabei. Pralinen befinden sich ebenso in seiner Linken. Das Lächeln der Dame ist groß, sie meint, es sei nicht nötig gewesen. Doch! Sie hat uns aus der Patsche geholfen. Sie öffnet behutsam das Kuvert. Ach, da war Michael aber großzügig. Es sind- sage und schreibe, 500€! Ich habe mit weniger gerechnet, so wie es halt ungefähr ausgemacht war. Das ist ein gutes Gefühl, so brauchen wir nun wirklich kein schlechtes Gewissen mehr haben. Sie ist überglücklich, wir sind es auch, was will man noch mehr? Genau! Nach Alaska und dann zurück in die Heimat!
„Wollt ihr los starten?"
„Sofort!"
„Passt, ab Marsch!"
Wir verabschieden uns höflich und schweifen nach draußen zum Auto, der Hubschrauber soll nicht weit weg sein. Schon seit einer langen Zeit, war ich in keinem Gefährt mehr, haha. Bin gespannt, wenn wir im Hubschrauber sind. Ich bin zwar schon oft geflogen, aber bis jetzt immer nur in den gewöhnlichen Flugzeugen für Passagiere.

– angekommen –

Wie schon lange ersehnt, steigen wir jetzt um und rasen in Windeseile nach Alaska, um unser Gepäck zu holen. Die Sachen, die wir in der Therme hatten, wird es vermutlich nicht mehr geben, aber unser Hotel wurde informiert und hat alles was noch da war, zu Seite gelegt. Also zumindest sollte es so sein, wer weiß. Angeschnallt und beide etwas aufgeregt sitzen wir nun da. Das wahre Leben kann uns nun wieder erwarten! Was wohl auf uns zukommen wird? Spannende Sache.
Das Glück in den funkelnden Augen von Bella ist unbezahlbar! Es ist ein traumhafter Gedanke, wenn wir uns nun auf eine ganz andere Art und Weise kennen lernen können. Wie sie lebt, wie ich lebe. Werden wir zusammenziehen? Sollen wir noch warten? Gute Frage. Unsere Bindung zueinander ist komplett anders gewachsen, als wenn wir und einfach so

unter gewöhnlichen Bedingungen kennen gelernt hätten. Diese Stärke, die wir aufgebaut haben, ist unfassbar. Es ist, als ob wir uns schon immer kennen und wir auf keinen Fall jemals wieder getrennte Wege gehen sollten.

Es geht los! Wir heben endlich und lang ersehnt ab. Wir können den schönen Ausblick Vom Fenster genießen. Ich habe kaum eine Ahnung, wie lange wir fliegen werden. Es ist mir grundsätzlich sogar egal, solange wir endlich wieder dort ankommen, wo wir schon längst wieder sein sollten, in Österreich!

„Jürgen, was meinst du, wann wir in Alaska ankommen?"

„Es sollten circa sechs Stunden sein oder sieben, kommt auf die Wetterbedingungen an, es ist einfach ein bisschen anders als mit einem Flugzeug."

„Ja, das ist mir durchaus bewusst, danke für die Info."

„Gerne. Michael kann es schon gar nicht mehr erwarten, euch wieder zu sehen, ich meine Bella, du bist seine beste Redakteurin und Robin, du bist wohl ab jetzt der beste Partner für Bella. Und er mag euch beide wirklich sehr."

„Das freut mich sehr zu hören. Ich vermisse ihn auch schon, ich könnte mir keinen besseren Chef als ihn vorstellen!"

„Ja er ist sehr großzügig!"

Es dauert also schon noch ein wenig, aber das halten wir aus, hihi. Ich werde mich jetzt wieder an Robins Schulter lehnen und schlafen, dann vergeht alles viel schneller.

– nach drei Stunden –

Man hab ich gut geschlafen! Wie spät ist es? Oh, so lange war ich weg? Klasse! Es sind vermutlich nur mehr drei bis vier Stunden. Ich würde liebend gerne mit Robin quatschen, jedoch ist er ebenso eingenickt, wecken möchte ich ihn auch nicht, nur wenn es dringend wäre. Ich blicke völlig gelassen durch das Fenster. Viele Wolken sind um uns. Der Him-

mel ist relativ dunkel, hoffentlich kommen wir in kein Gewitter, das ist schon in einem Flugzeug kein Spaß und in diesem Luftfahrzeug bestimmt noch weniger. Da hinten sehe ich eh eine Maschine, sieht nach Lufthansa aus. Gemütlicher, aber nicht so spektakulär wie bei uns haha.
„Alles in Ordnung, Bella?"
„Alles bestens, bei dir Jürgen?"
„Ja, alles klar soweit. Hast du gut geschlafen?"
„Ja habe ich danke, sehr aufmerksam."
„Robin muss kurz nach dir weg gewesen sein, jedoch schläft er jetzt schon um einiges länger."
„Bei dem Stress, den wir immer hatten, ist es okay, haha."
„Ja, hast eh recht."
Es ist nett mit Jürgen zu plaudern. Michael hat halt wirklich nur freundliche Leute bei ihm eingestellt, alle anderen haben eh keine Chance bei uns reinzukommen. Wir brauchen keinen Miesepeter, sagt er immer. Wo er recht hat, hat er recht! Oh, schon wieder fast eine Stunde vergangen? Das geht mir jetzt aber fast zu schnell! Ich bin schon direkt nervös, vor dem Zurückkommen. Es wird schräg sein, denke ich. Ich will mit Robin reden, wann wacht er endlich auf? Ich hau mich auch nochmals aufs Ohr, es wird mir guttun.
Bella schläft noch immer? Niedlich-
„Guten Morgen Robin, nein sie schläft schon wieder. Sie wollte dich nicht wecken und bevor sie nicht mit dir reden kann, hat sie sich gedacht, sie könnte sich nochmals hinlegen."
„Oh, echt? Naja, ich will sie jetzt auch nicht wecken... allzu lange werden wir nicht mehr durch die Gegend fliegen, oder?"
„Nein, nur noch ein bisschen."
„Passt."

-fast in Alaska-

„ALLE MAN AUFWACHEN!"

„Puh was ist los? Du hast mich ordentlich geschreckt!"
„Haha, ich weiß. Ich werde gleich landen."
„Was echt?! Man ich freu mich, auch wenn wir noch nicht zuhause sind. Robin ist nicht munter geworden, ich weck ihn jetzt!"
„Robin? Wach auf! *Rütteln an seiner Schulter*"
„Ah, Bella. Ja, ist was passiert?"
„Nein du Dummerchen, aber wir landen gleich!"
„Das ist mal eine Ansage! Sehr schön!"
„Finde ich auch. Mach dich bereit!"
„Sowieso!"
Ich spüre schon den wiederkehrenden Druck in den Ohren. Endlich! Ich habe mein Zeug schon so vermisst. Ich werde mich noch ganz schnell duschen gehen und mich umziehen und erst dann das Hotel mit Sack und Pack verlassen, die kurze Zeit wird schon noch drinnen sein. Im Moment fühl ich mich ja nicht so prickelnd, ich bin immer top gestylt, das fehlt mir sehr. Jetzt kann ich es ändern!

Zurück in Alaska – 26

Ui, gelandet! Wir brauchen nur mehr ein Taxi zu unserer ehemaligen Unterkunft und dann geht alles ganz schnell. Ah, da steht schon eins. Sehr gut mitgedacht Jürgen.

– zurück im Zimmer –

Unglaublich, dass sie unser Zimmer genauso gelassen haben, wie wir es verlassen haben. Michael muss sie wohl gut bezahlt haben. Schließlich sind wir nicht die einzigen Gäste und das Zimmer, also die Suite, wird sehr gefragt sein bei den reichen Leuten.
„Und Bella, wie findest du es, dass wir wieder da sind?"
„Sehr unerwartet und schräg, aber ich find es einfach perfekt! Jedoch müssen wir unbedingt wieder einmal hier her, denn viel haben wir vom Land nicht gesehen."
„Genau so sehe ich das auch, aber ich denke, die Therme lassen wir lieber, haha!"
„Ja auf alle Fälle, haha! Es war verdammt gefährlich und wir hatten ständig Angst, jedoch war es eine gute Erfahrung und es war trotz all den Umständen eine schöne Zeit."
„Ja das stimmt, so können wir uns gut kennen lernen, auch wenn es sehr ungewöhnlich war. Meiner Meinung nach ist unsere Bindung zueinander viel intensiver, als sie es sonst jemals werden hätte können."
„Das hast du aber bezaubernd gesagt! Das sehe ich auch so, ich bin so glücklich dich jetzt in meinem Leben zu haben! Ich freue mich auf unsere Zukunft."
„Ich auch Liebste! *zärtlicher Kuss*"
Schön, dann packen wir es an! Zuerst lege ich mir mein Outfit für Nachher zur Seite, dann räume ich mein Gerümpel aus, rein in die Koffer, dann hüpfe ich mit meinem Schatz in Windeseile unter die Dusche, zieh

mich um und dann ab in die Heimat! Meine Freude ist unbeschreiblich, viel zu oft, habe ich das schon erwähnt, haha! Mein Handy habe ich auch wieder, ich habe es ans Kabel gesteckt, es mit der Musikbox verbunden und auf voller Lautstärke hören wir gute Lieder, damit wir besser drauf sind, herrlich! Ganz nach meinem Geschmack!
Ich darf mir nichts zu viel Zeit lassen, immerhin soll alles so schnell wie möglich funkzionieren.

– nach dem Duschen und Umziehen –

„So, haben wir alles?"
„Ich denke schon und ansonsten wird es uns auch nicht abgehen, das haben wir ja gut gemerkt in der letzten Zeit, haha!"
„Tja, da muss ich dir erneut recht geben, mein Liebster!"
Voll bepackt mit Glück, Freude und unseren Koffern, schreiten wir hinfort zum Taxi und Jürgen, der jetzt bestimmt eine Stunde auf uns gewartet hat, obwohl wir uns eh so beeilt haben.
„Na, alles erledigt?"
„Voll und ganz!"
„Passt, dann starten wir los, der Hubschrauber ist eh nicht so weit weg, danach könnt ihr euch guten Gewissens entspannen."
„Das sind exzellente Nachrichten Herr Pilot, hihi!"
„Immer doch!"
Auch wenn wir sehr, sehr lange Fliegen werden, kann ich bestimmt kein Auge zu machen, da ich so hektisch voller Aufregung bin.

– beim Hubschrauber angekommen –

„Ich muss nur noch kurz den Tank und Weiteres abchecken, damit auch alles sicher abläuft, aber dann geht's auch schon los!"
„Ist okay Jürgen, das halten wir schon durch, denke ich."
„Müsst ihr eh, ob ihr wollt oder nicht, haha!"

„Haha, ja ich weiß."
So ich hab gerade gesehen, dass ich dringend auftanken muss, damit ich die zwei Helden wieder zurück bringe. Könnte noch ein klein wenig dauern, aber bald habe ich es.
„Weißt du was ich echt schade finde?"
„Nein, was den Bella?"
„Wir wissen zwar, dass wir wegen Estell die Augen und unsere Kräfte haben, jedoch wissen wir nicht, warum genau das so ist. Warum ausgerechnet wir bei der Geburt damit gesegnet oder verflucht worden sind."
„Ja das stimmt, aber eine kleine Erklärung ist dieser Ort doch auch, oder nicht?"
„Ja irgendwie schon, das Geheimnis ist besser gelüftet, als ich es mir vor ein paar Monaten hätte vorstellen können. Nur weil ich in Finnland war und Michael dich zu uns gebracht hat, bin ich überhaupt einmal auf die Idee gekommen nachzuforschen. Das ist schon klasse."
„Eben! Also denk nicht so negativ!"
„Ich versuche es!"
„Nur nicht aufhören, Liebste."

Die Reise nach Österreich – 27

„So meine Lieben, wir können starten, bitte einsteigen!"
„Jawoll!"
Einen guten Start haben wir, besser könnte es zurzeit nicht laufen! Ich kann mein Glück kaum in Worte fassen. Bis vor kurzem waren wir fast dem Tod geweiht und nun? Nun haben wir wieder Zuversicht und ein strahlendes Gesicht! Der Ausblick ist angenehm, keine Turbolenzen und Robin ist auch noch nicht eingeschlafen, jetzt können wir wenigstens noch quatschen. Händchenhaltend lungern wir erheitert herum und warten einfach die lange Zeit des Fluges ab. Wie lange wir wohl wirklich brauchen werden? Es könnte sich um eine Ewigkeit handeln, aber jetzt wird nicht mehr negativ gedacht! Ich meine, wir sind so gut wie zuhause! Mehr könnte ich mir nicht erträumen!
„Bella? Alles gut bei dir?"
„Ja Robin, danke. Bei dir auch?"
„Ja schon, aber es macht mich nervös zurück zu fliegen, da sehr viel Zeit vergangen ist und es schräg sein wird, mit unseren Leuten über die Ereignisse zu sprechen."
„Ja das kann ich verstehen, aber denk nicht so! Denk daran, dass jetzt alles gut wird und es langsam zurück in die Normalität für uns geht!"
„Ich gebe mein Bestes, aber was ist, falls nicht alles gut ist oder wird? Was ist, wenn es eine erneute Fata Morgana ist oder sonst etwas schief geht? Was verdammt nochmal sollen wir dann machen?!"
„Robin, Liebster! Beruhige dich! Du bildest dir das nicht ein, es ist dir Wirklichkeit, die uns wieder empfängt! Eine gute Wirklichkeit! Sei nicht so besorgt!"
„Okay. Ja okay Bella. *ein Seufzer*"
Robins Laune hat schleunigst umgeschlagen, klar kann ich ihn verstehen, jedoch bringen uns diese Gedankenzüge nur um. Klar, was ist, wenn wir doch erneut Pech haben? Darüber will ich mir gar nicht den

Kopf zerbrechen.

Neben uns gleitet ein Flieger vorbei, er ist weiß mit einem lila Schriftzug und schönen Details in derselben Farbe, es handelt sich um eine thailändische Linie. Gefällt mir hervorragend. Kleine Wolken sind ebenso wieder am Himmel verstreut. Die eine sieht aus wie ein schreiender Geist und die neben Schwebende wie eine schöne Achtelnote. Da muss ich an ein Notenblatt denken und wie eine Geigerin leidenschaftlich es nachspielt. Herrlich diese Entspannung. Ich liebe es. Die Spuren des Fliegers passen wie ein Puzzle unter die verschnörkelte Note. Das ist Musik in meinen Ohren. Der Blick von Robin ist nach wie vor skeptisch und bedrückt, das ist sehr traurig. Ich habe versucht ihn aufzumuntern, es funktioniert einfach nicht. Wenigstens ist er in angekuschelter Position zu mir, vielleicht hilft ihm ja das. Die Zeit verfliegt heute gar nicht. Wann sind wir endlich da? Ich bin sehr erwartungsvoll was die Firma anbelangt. Nicht ängstlich, aber quirlig, wenn ich daran denke, hihi.

„Noch alles fit im Schritt bei euch?"

„Klar Jürgen, alles im grünen Bereich!"

„Freut mich zu hören! Robin, bei dir auch? Du wirkst ziemlich angespannt."

„Ja Jürgen, alles okay. Ich bin nur nachdenklich."

„Falls ich was machen kann, gib mir Bescheid."

„Danke, werde ich machen."

Es wird schon alles schief gehen! Hals und Beinbruch wünsche ich uns und dann schaffen wir das, haha! So positiv gestimmt war ich wirklich schon länger nicht mehr.

Bella scheint es sehr gut zu gehen, das freut mich wirklich, aber leider kann ich mich nicht anschließen. Was wenn? Schwirrt mir pausenlos im Kopf herum. Tausende Gedanken. Eigentlich denken Frauen immer mehr über Probleme nach, heute ist es wohl anders. Ich bin so froh, Bella an meiner Seite zu haben. Wir hätten nur Arbeitskollegen sein sollen, jedoch ist jetzt alles weit besser gekommen! Das lässt mich wieder lächeln und lenkt mich prima ab. Ich sollte mehr an alles andere denken, denn wenn uns wirklich was passieret, kann ich es hier oben sowieso nicht ändern. Bella hat recht, es wir alles gut. Also hoffe ich zumindest. Er grinst wieder ein wenig, das freut mich zu sehen. Der Ausblick wird etwas dunkler, die Wolken ändern die Farbe. Nanu, stürzen wir gerade in ein Gewitter? Naja, Jürgen ist ein ausgezeichneter Pilot, der schafft das mit Links! Zumindest bin ich hoch überzeugt davon.

„Falls ihr es noch nicht bemerkt habt, es wird finster. Keine Angst, das bekomme ich hin, ich fliege nicht zum ersten Mal durch so ein Wetter."
„Jürgen, wir haben volles Vertrauen in dich!"
„Das freut mich zu hören, selbst wenn nicht, könntet ihr auch nichts machen, haha!"
„Haha, sehr witzig! Wo du recht hast, hast du recht."
Ein Schauer läuft mir schon über den Rücken, aber das wird bald vorbei sein. Meiner Meinung nach könnte es schlimmer sein. Ein leichtes Wackeln ist zu spüren, es macht mich trotzdem nicht hektisch. Für das bin ich schon viel zu oft geflogen, Turbolenzen sind ganz normal, auch wenn ich es nur aus dem Flieger kenne.

Ein fataler Absturz – 28

Jürgens Blick verändert sich, er wirkt nicht mehr so entspannt wie vor ein paar Minuten. Ist es etwa doch gefährlicher, als ich es vermutet habe? Oh Gott. Einfach ruhig bleiben. Wir spüren keine guten Bewegungen des Hubschraubers. Es wird immer schlimmer. Ich kralle mich im Sitz fest. Angst und Bange kommt in mir hoch, es wird wilder. Ich sehe beim Fenster schon gar nichts mehr, weil alles kreuz und quer ist und wir sehr schnell sind. Was passiert hier? Es hört nicht auf. Robin rührt sich schon gar nicht mehr, wie versteinert befindet er sich auf seinem Sitz. Genau wie ich. Es fühlt sich an wie ein gewaltiges Schleudermanöver. Hilfe!!!

„Ich kann nicht mehr steuern! Wir werden abstürzen!"

„Wasss?! Jürgen was ist los? Warum passiert das?"

„Keine Ahnung! Egal welchen Knopf ich drücke, es tut sich nichts! Haltet euch fest!"

„Ach du Heilige! Hilfe!!"

Der Sog nach untern wird immer intensiver. Alles ruckelt. Es fühlt sich an, als ob gleich alles auseinanderbricht. Wie weit ist der Weg bis zum Boden? Werden wir sterben? Ist das jetzt wirklich unser letztes Stündchen? Hatte Robin recht? Hat er eine Vision gehabt oder war es nur sein Bauchgefühl? Kann nicht einmal etwas gut laufen? Ich bin zu jung, um den Löffel abzugeben! Was ist, wenn ich überlebe und die beiden sterben? Das darf nicht passieren! Wo sind wir überhaupt?! Wir sind noch immer nicht aufgeprallt, jedoch tut mir schon alles weh. Mein Gurt hat sich gelöst und ich schleudere durch die Gegend. Ich schaffe es nicht, mich irgendwo festzuhalten.

„Bella! Nimm meine Hand! Wir schaffen das!"

„Ich versuche es, es geht nicht!"

„Streng dich an! Bevor wir aufprallen, wir müssen es versuchen! Wir müssen so sachte wie möglich aufkommen!"

Und zack! Ich hab seine Hand! Es ist nun etwas angenehmer, aber er muss sich sehr bemühen mich zu halten. Ahh! Die Tür ist weggebrochen! Wir zerfallen in tausend Stücke! Es wird immer schneller! Und schneller. Noch schneller. Noch bin ich bei Bewusstsein. Mir wird schwummrig.
Boom! Wir prallen auf, Alles zerbricht. Harte Landung. Was? Wo? Ich sehe nichts mehr, ich spüre mich nicht.

– nach einer halben Stunde ohne geistige Anwesenheit –

Au verdammt! Ich kann mich kaum bewegen, da ein Teil der Maschine auf mir liegt. Wo sind wir? Wo sind die anderen? Ich kann kaum was sehen. Alles ist benebelt. Von meiner Stirn tropft Blut. Mein Kopf pocht. Es tut so weh. Tränen kommen in meinen Augen hoch. Robin! Jürgen! Hallo? Ist jemand da? Hilfe! Ich muss versuchen mich zu befreien. Mein Bein klemmt. Au, ist das schmerzhaft! Meine Haut löst sich immer weiter, je mehr ich versuche mich raus zu ziehen. Meine Gelenke brennen wie Feuer. Meine Kleidung ist komplett zerrissen. Ich schaffe es nicht meine unteren Gliedmaßen zu lösen. Ich komme nicht raus. Ist das mein Ende? Ich sehe niemanden. Bin ich wirklich allein? Toten Stille. Ich höre nur ein Knistern des Motors, welcher ein paar Meter vor mir in Flammen steht. Des Weiteren riecht es deshalb stark verbrannt in meiner Umgebung. Der Boden unter mir ist, jetzt wo ich es endlich erkennen kann, weiß und eisig. Die Kälte macht mir aufgrund meines Schocks nichts aus. Bald habe ich mich befreit. Ein paar Zentimeter noch. Und... rumps! Frei! Hat eh gedauert. Ich gebe mein Bestes so schmerzfrei wie es mir gelingt mich auf zu richten. Es quält mich sehr. Mein Augenlicht wird langsam schärfer. Unzählige Teile liegen auf blankem Eis. Wo ich wohl bin? Grönland? Könnte von der Zeit her tatsächlich passen. Zwei Meter von mir entfernt sehe ich etwas Buntes, das könnte jemand von uns sein. Behutsam schreite ich in seine Nähe. Das ist Jürgen, oder? Ich muss schnell zu ihm!

„Jürgen? Hörst du mich? Bist du noch da? *sanftes Rütteln an seiner Schulter*"
„Was? Wer? Bella?"
„Ja! Ich bins!"
„Ach du meine Güte! Geht es dir gut?"
„Ja alles okay. Dir?"
„Hm, ja ziemlich. Hilf mir hoch!"
„Klar! Ho ruck!"
„Ahh, das schmerzt. Mein Schädel explodiert gleich!"
„Das wird schon wieder vergehen, wichtig ist, dass wir überlebt haben!"
„Ja stimmt. Ich sehe noch sehr verschwommen, aber Robin ist nicht da, oder?"
„Ich bedaure, nein. Ich mache mir Sorgen."
„Warte noch ein paar Minuten, dann helfe ich dir suchen. Vielleicht wurde er von einem der Teile des Hubschraubers getroffen und verdeckt."
„Kann sein, ich hoffe, es geht im gut."
Ich bin glücklich nicht mehr allein zu sein, aber mein Schatz ist noch nicht aufgetaucht. Er darf einfach nicht tot sein, das würde mein Herz nicht verkraften. Jetzt machen wir uns auf die Suche. Robin? Liebster? Bist du da draußen? Irgendwo? Verschollen? Oh man, das lässt mich wahnsinnig werden. Ich brauche ihn. Er ist das Schönste was mir passiert ist. Er ist so wunderbar einzigartig. Rechts von mir ein Stückchen entfernt ist soeben etwas hinuntergefallen. Ist er da vergraben und versucht sich zu befreien? Da müssen wir schleunigst nachforschen.
„Robin? Bist du da drunter?"
„Bella? Ich bin so froh deine Stimme zu hören! Ich kann mich kaum bewegen, ich komm nicht raus und ich spüre meine Beine nicht!"
„Oh mein Gott! Ich bin so erleichtert! Wie holen dich da raus! Keine Panik!"
„Jürgen? Komm und hilf mir! Er ist da!"
„Schon zur Stelle!"

Das ist mächtig schwer. Es lässt sich kaum runter schieben, auch nicht mit vereinten Kräften. Wir dürfen nur unter keinen Umständen aufgeben. Es wird immer besser. Ein wenig freier ist mein Liebster schon. Wir dürfen ihn nicht weiter verletzen. Er muss schon genug ertragen.
„Alles klar soweit?"
„Ja Bella, danke!"
„Sehr gut. Durchhalten!"
„Versprochen!"
In der Ferne beginnt es zu glitzern. Ist das wieder eine paranormale Begegnung? Muss das jetzt sein?
Schimmernde Flocken steigen vom Grund auf in Richtung Himmel. Sie färben sich alle samt in rosa und lila. Eine entspannte Musik eines Cellos wird immer lauter. Das Metallgerüst über Robin ist plötzlich blau. Passiert gleich etwas Gutes oder eher das Gegenteil? Das mach mich erneut ängstlich. Liebe Geschöpfe aus Estell, helft meinem Freund und tut ihm nichts!
Es beginnt zu beben unter meinen Beinen. Ein schwammiges Gefühl kommt in mir hoch. Das Eis wird locker. Das verfärbte Gerüst wackelt außerirdisch. Es löst sich. Grausame Geräusche schmerzen in meinen Ohren. Es hört sich nach einer negativen Verstimmung an. Was passiert hier? Puff! Rumps! Wie eine Bombe! Es ist soeben schlagartig explodiert! Und die seltsamen, unrealen Dinge sind verblasst. Mich hat nur ein Splitter getroffen. Jürgen ist fassungslos und Robin rührt sich kein Stück.
„Hilfe! Jürgen! Komm schnell!"
„Ach du Liebes! Robin?"
Wach auf! Er blutet. Die Explosion hat in ordentlich erwischt, da er direkt darunter war. Ein wunder, dass er überhaupt noch vollständig da liegt. Lebt er? Puls? Atmung?
„Bella, er hat noch einen Puls und er atmet sogar."
„Das klingt sehr gut, bewusstlos ist er trotzdem."
„Ja das stimmt, hast du noch ein Handy, damit wir Hilfe holen kön-

nen?"
„Nein leider nicht, wie geht es deinen Beinen? Einer von uns muss laufen."
„Nicht so gut, ich kann sie nur schwer bewegen."
„Okay, dann gehe ich und du bleibst da. Meine Wunden brennen zwar höllisch, aber ich kann alles einwandfrei bewegen."
„Passt, ich wache solange. Beeil dich, sonst erfriert er!"
„Mach ich!"
Weit und breit sehe ich nur weiß. Wo soll ich hinrennen? Was ist der beste Weg zur Zivilisation? Ich muss raten. Gedankenlos sprinte ich in Windes Eile in die weite Welt. Die Furcht um Robin ist so stark, dass ich meilenweit ohne Pause rasen könnte, ohne dass ich aus der Puste bin. Ist hier vielleicht ein Örtchen in der Nähe? Ein Häuschen? Menschen? Ich hoffe es.

– nach eine halben Stunde Fußmarsch –

Es scheint mir, als ob da ein roter Fleck vor mir ist. Ist das vielleicht ein Gebäude mit Menschen? Ich muss effizienter laufen, um mein Ziel sofort zu erreichen. Es rückt immer näher. Es wird großer. Ich bete, dass da drinnen Menschen sind, die mich verstehen und mir helfen können. Fast da. Nur noch wenige Meter.

– ein paar Sekunden später–

Meine Gebete wurden erhört! Da ist eine Frau! Sie trägt eine schwarze, schlichte Hose mit bepelzten Winterstiefeln und obenrum hat sie eine gelbe, dicke Daunenjacke an und trägt eine passende Haube mit einer Aufschrift am Kopf. Ich versuche mit ihr, Englisch zu kommunizieren.

– nach einem erfolgreichem Gespräch –

Die zuvorkommende Dame hat für mich die Rettung gerufen und jetzt sitze ich mit den Sanitätern im Auto auf dem Weg zu unserer Absturz Stelle und die Polizei ist ebenso auf dem Weg. Ich konnte mit ihrem Handy auf Facebook auch Micheal verständigen, da wir ja nachhause kommen müssen. Wie sich herausgestellt hat, sind wir tatsächlich in Grönland. Ich habe einen guten Riecher, wenn es um sowas geht. Ich bin froh, dass Englisch fast jeder versteht, sonst wären wir aufgeschmissen.

– angekommen bei Jürgen und Robin –

„Bella das hast du ausgezeichnet gemacht!"
„Ich war so schnell ich konnte. Gibt es von Robin ein Lebenszeichen?"
„Leider noch nicht, aber er ist noch nicht tot. Ich habe bemerkt, dass sein Fuß trotz des Vorfalls noch eingeklemmt ist, jedoch habe ich es nicht geschafft, ihn zu befreien."
„Das schaffen wir schon mit den Einsatzkräften."
Jürgen und ich machen nun eine kleine Pause und unsere Retter tun alles in ihrer Macht Stehende, um meinen Liebsten zu befreien. Es schein nicht zu klappen, seinen Fuß zu befreien, sie müssen eine Säge oder so ähnlich holen. Sie haben ihm bereits eine Atemmaske aufgesetzt, dass wir ihn sicher nicht verlieren.

Lebt Robin weiter? – 29

Nach einer gefühlten Ewigkeit ist jemand mit einer elektrischen Säge gekommen, um das Metallding von ihm wegzuschneiden, beziehungsweise es aufzuschneiden. Robin wurde in eine wärmende Folie eingewickelt, damit er nicht noch weiter frieren muss, dass könnte ihm nämlich genauso das Leben kosten.
Er rührt sich nach wie vor keinen Millimeter. Er hat vor dem unerwarteten Ereignis gemeint, er spüre seine Beine nicht mehr. Was ist, wenn er gelähmt ist? Es wäre für ihn ein Albtraum. Er ist ein so aktiver Mensch, das kann er nicht gebrauchen. Ich würde ihn für den Rest meines Daseins unterstützen, wo es auch nur geht, aber dennoch wäre es grausam. Er muss es auf jeden Fall überleben, das ist gerade das wichtigste!
Ein junger Mann mit olivgrüner Uniform und einem Vollbart hat es soeben geschafft ihn zu befreien. Sie tragen ihn nun in einen Rettungswagen. Wir begeben uns auch wieder ins Auto und fahren alle gemeinsam mit Blaulicht ins nächste Krankenhaus.
„Bella, wie geht es dir?"
„Jürgen, wie soll ich sagen… ich bin erleichtert, dass wir jetzt hier sind, aber ich mach mir solche Sorgen um Robin. Wie wird es ihm gehen? Was passiert mit ihm? -schweift mir ständig durch den Kopf. Mir selbst geht es grundsätzlich gut. Dir?"
„Das kann ich vollkommen verstehen, wir können nur abwarten. Es ist alles okay, aber ich habe starke Schmerzen, du etwa nicht?"
„Doch habe ich auch, aber die kümmern mich zurzeit sehr wenig. Wir werden ja eh bald durchgecheckt."
„Wir schaffen das!"
„Hoffentlich alle drei!"

– angekommen im Krankenhaus –

Sie haben Robin wo anders hingebracht und wir zwei warten vor einem Raum, wo wir gleich untersucht werden, ob uns etwas fehlt. Ich bin gespannt was sie sagen, bei uns werden wahrscheinlich nur Prellungen und Ähnliches festgestellt, Robin ist viel ärmer dran, er wird einen Schock haben, wenn er wieder zu sich kommt. Bitte, bitte ist er nicht gelähmt. Bitte, bitte wird es normal für ihn weiter gehen. Bitte!!
„Bella, wir können jetzt rein, willst du zuerst, oder soll ich?"
„Du kannst gerne vor mir rein."
„Passt, bis später!"
„Bis später!"
Natürlich wünsche ich mir für Jürgen genau so sehr, dass alles in Ordnung ist. Damit meine ich, es sollen ihm keine bleibenden Schäden bleiben, zum Beispiel von einer Gehirnerschütterung oder Probleme mit der Motorik. Ich bin ziemlich angespannt, was die gesamte Situation betrifft. Uns alle drei. Von Michael gab es auch noch kein Lebenszeichen, ich meine, klar bei mir direkt kann er sich nicht melden, aber es ist von ihm zu erwarten, dass er es über Umwege hinbekommt. Hätte er noch einen Piloten? Ich glaube nicht. Angst hätte ich jetzt auch, wieder in einen Hubschrauber zu steigen. Praktisch wäre es, wenn uns ein Schiff holt.
Mein Kopf raucht voller Überlegungen, warum das passiert ist. War es Schicksal? War es die verdiente Strafe unserer Nachforschungen? Oder eine Strafe wegen unserer schlauen Flucht? Sind Energiewände zwischen unserem Augenlicht aufgetreten und es ist etwas schiefgelaufen? Ich bin ratlos. War es wirklich das Wetter Verschulden und niemand hätte es ändern können? Ist die Maschine manipuliert worden? Diese ständigen, wiederkehrenden Fragen ohne Antworten der letzten Wochen-Horror.
„Du kannst jetzt rein."
„Danke, alles okay bei dir, Jürgen?"

„Prellungen und Verstauchungen, eine Verbrennung am Ellbogen und mein Knie ist ziemlich angekratzt, aber das wird wieder."
„Das sind gute Nachrichten!"
„Ja sehr. Hast du schon etwas von Robin gehört?"
„Nein, keineswegs. Spitz die Ohren solange ich weg bin!"
„Sicherlich!"
Die Stunde der Wahrheit. So schrecklich kann es nicht sein. Ich lebe und kann alles an mir bewegen. Was will man mehr? Klar, unfallfrei sein, aber schließlich kann man nicht alles haben, haha. Das ich weiterhin so humorvolle Gedanken habe ist prima, ich hoffe es kann dabei bleiben.
Endlos verwirrt trete ich ein. Eine Frau mittleren Alters mit schwarzen, kinnlangen Haaren, einem typischen Doktor Gewand und einem Stethoskop um den Nacken gelegt sitzt vor mir mit einem freundlichen Blick. Sie deutet nur auf die Liege hin und spricht nicht sonderlich viel. Es wäre möglich, dass sie nicht gut Englisch kann, jedoch stellt sich dann die Frage- woher weiß Jürgen dann Bescheid? Naja, er ist klug, wohl möglich kann er viele Sprachen, was als Pilot sehr von Vorteil ist.

– nach der Untersuchung –

„Das hat ja gedauert! Alles in Ordnung bei dir?"
„Ja, so gut wie, ich habe eine Gehirnerschütterung und beschädigte Gelenke, aber die Dame meinte, es wird bald wieder. Hat gedauert, bis ich sie akustisch verstanden habe, hihi."
„Ja bestimmt! Oh, haha, ich verstehe grönländisch sehr gut."
„Habe ich mir fast gedacht, ich wusste nicht einmal, dass es diese Sprache gibt."
„Jetzt weißt du es, haha!"
„Ja, haha. Hat sich jemand bei dir gemeldet? Also wegen Robin oder eventuell auch Michael?"
„Nein leider noch immer nicht."

„Oh man, ich hoffe es gibt keine Komplikationen! *trauriger Blick*"
„Wir können nur warten, aber zerbrich dir nicht den Kopf, es kann wohl nicht so tragisch sein!"
„Es würde mich freuen, wenn du recht hast."
Nun sitzen wir am Gang und warten. Einfach warten. Es sind nicht viele Menschen hier, nur selten kommt ein Doktor oder eine Krankenschwester vorbei und es ist muxmäuschenstill. Ich werde meine Augen schließen und ein kurzes Nickerchen machen, damit die Zeit schneller voran geht.

– nach fast einer Stunde Schlaf –

„Bella, wach auf!"
„Was? Was ist los Jürgen?"
„Eine Krankenschwester war soeben da und meinte, wir sollen einen Stock tiefer kommen, da uns dort der behandelnde Arzt von deinem Freund erwartet."
„Na dann nichts wie hin! Danke fürs Wecken."
„Gerne, hat eh ein bisschen gedauert."
„Ich hab halt tief geschlafen."
Wir gehen in sehr schnellem Tempo die Treppen hinunter. Ich bin aufgeregt, was er uns jetzt sagen wird. Ob Robin schon wieder wach ist?
Wir sind da. Er beginnt zu reden, jedoch verstehe ich kein Wort, aber Jürgen scheint sich auszukennen. Er hat hellbraunes, kurzes, gelocktes Haar, grüne Augen und einen neutralen Blick. Er trägt auch das typische Doktor Gewand mit einem Stethoskop und in seiner linken Hand hält er ein paar Zettel.
„Und? Was hat er dir erzählt? Du wirkst nicht so begeistert."
„Bin ich auch nicht und du sicher auch nicht."
„Oh nein! Was ist los? Ist er tot? *panische Stimme, Tränen in den Augen*"
„Nein! Sonst würde ich mich schon ganz anderes verhalten. Er liegt im

Koma, jedoch sollte es nicht so lange dauern, bis er wieder aufwacht. Höchstens drei Tage, wenn alles glatt läuft."
„Mir fällt ein Stein vom Herzen! Trotzdem ist das viel zu lange! Was ist, wenn nicht alles glatt läuft?"
„Leider wissen wir das nicht."
„Hat er sonst etwas gesagt? Ist er gelähmt? Bleibende Schäden?"
„Er wird sehr verwirrt sein beim Aufwachen, ein Teil seines Gedächtnisses könnte weg sein, aber das muss nicht sein, wie gesagt- könnte! Das mit der Lähmung ist noch nicht fix, das wissen sie erst, wenn er zu sich gekommen ist. Er meinte die Wahrscheinlichkeit ist sehr gering."
„Oh nein, es wird ihn fertig machen. Ich hoffe er kennt uns noch."
„Das denke ich schon, beim Verlust seiner Erinnerungen hat er eher vom Absturz selbst gesprochen und einzelne Teile der Tage davor."
„Ah okay. *seufz*"
Es wird immer dramatischer, wir können nichts dagegen tun. Ich muss es schaffen mich bei Michael zu melden. Aber wie? Naja, ich könnte mich bei irgendwem bei meinem Facebook Account anmelden. Ich muss nur jemanden finden.

– 10 Minuten später –

„Hey Jürgen! Da hinten, der Mann in der grauen Jacke, siehst du ihn?"
„Ja, was ist mit ihm?"
„Könntest du ihn fragen, bezüglich Facebook damit ich Michael wieder erreiche?"
„Klar, einen Moment."
Ich bin froh, dass ich Jürgen bei mir habe. Ich würde hier niemanden verstehen und anscheinend kann nicht jeder Englisch. Er macht das prima, es sieht aus, als würde es funktionieren. Er kommt auf mich zu. Sein Blick scheint viel versprechend zu sein. Gleich ist er da.
„Und?"
„Komm mit, dann kannst du dich einloggen!"

„Was echt? Die Menschen sind hier unglaublich nett."
„Das ist wahr."
Ich bin nun bei dem Mann, er scheint nicht viel älter zu sein als ich. Er trägt eine beige Cargo Hose mit einem weißen Hemd dazu unter seinem grauen Anorak. Sein Haar ist hellblond und zu einem Dutt gebunden. Er hat anscheinend Stil, wirklich modebewusst. Die Augen strahlen braun hervor, zarte Lippen und einfach ein schönes Gesicht.
Jetzt bin ich eingeloggt, ich habe 20 Nachrichten und zehn verpasste Anrufe, bestimmt von unserem Chef. Ich rufe ihn direkt an, vielleicht hebt er ab.
„Bella? Endlich! Hast du dein Handy wieder?"
„Hallo Michael, nein, ich bin bei jemand fremden am Handy, deshalb kann ich mich auch nicht oft melden."
„Ah okay, was ist schon wieder passiert? Ich meine ich hab's schon gehört, aber geht es euch gut?"
„Jürgen und ich sind nicht arg verletzt, nur starke Schmerzen in den Gelenken wegen dem Sturz und ich habe eine Gehirnerschütterung."
„Gott sein Dank! Also Prellungen und so, oder? Und was ist mit Robin?"
„Ja genau. Der liegt im Koma."
„Ah du lieber Scholli! Weiß man mehr?"
„Nichts Fixes, vermutlich soll er in spätestens drei Tagen wieder aufwachen."
„Na wenigstens etwas. Ich habe keinen Piloten mehr, der euch holen kann."
„Das habe ich mir fast gedacht, ich habe überlegt, ob du vielleicht ein Schiff hättest."
„Nein habe ich nicht, jedoch habe ich eine Idee."
„Und die wäre?"
„ Du schickst mir die genaue Bezeichnung des Krankenhauses, damit ich dort hinfinde. Ich werde mit einem gewöhnlichen Flug kommen und euch unterstützen, so kann das nicht weiter gehen! Ich habe schon eine Vertretung für mich gefunden."

„Was wirklich? Das wäre exzellent! Wann kommst du?"
„Falls heute Nacht noch ein Flug geht, bin ich Morgen da."
„Passt, ich schicke dir die Koordinaten und ich hoffe einfach, dass du kommst, denn der junge Mann wird mir nicht ewig sein Handy lassen."
„Kein Problem, übermorgen bin ich sicher da!"
„Passt!"
„Bis bald!"
„Bis bald, Michael!"
Eine große Last wird leichter, wenn Michel kommt. Natürlich kann er nichts ändern, aber es ist super, wenn wir dann so bald wie möglich gemeinsam nachhause reisen, dann aber wirklich. Ohne Unterbrechungen!
„Was habe ich da gehört? Michael kommt höchst persönlich?"
„Ganz genau!"
„Klasse!"
„Was machen wir jetzt?"
„Naja, wo sollen wir hin? Ich denke, wir werden einfach dableiben und die Zeit verschlafen."
„Ja stimmt, ist okay."
Trostlost begeben wir uns zurück zu unseren alten Plätzen. Eine Vision kreuzt meine Synapsen- also ein paranormaler Anblick. Der Stuhl gegenüber von mir wird hellrosa und glitzert. Lichtstrahlen tanzen um ihn. Ein Saxofon pfeift durch meine Ohren. Jürgen ist starr, er hat keine Ahnung was ich da erblicke, er hat diese Kraft nicht. Der Boden sieht aus wie ein Meer mit tausend Fischen. Es ist sehr entspannend, das zu sehen, leider kann ich kein Foto machen. Es wird wieder leiser. Es verblasst. Das war eine sehr kurze Begegnung.

– eine Weile später –

Die Stunden vergehen und ich bekomme kein Auge zu, Jürgen ist schon lange weggetreten. Wie spät es wohl ist?

Die Malerin – 30

Der nächste Tag beginnt soeben. Komplett verspannt versuche ich mich aufzurichten. Nanu, wo ist Jürgen hingekommen? Ah, da hinten spaziert er um die Ecke.
„Hey, gut geschlafen?"
„Naja, hätte bequemer sein können. Wo warst du?"
„Ich habe mir einen Kaffee geholt und auf meinem Weg habe ich eine behandelnde Krankenschwester von Robin getroffen. Wir dürfen zu ihm rein, auch wenn er noch immer nicht wach ist."
„Das sind wundervolle Neuigkeiten! Auf und davon zu meinem Schatz!"
Diese Nachricht verbessert meinen Morgen gleich um einiges, auch wenn er nicht bemerken wird, dass wir da sind. Einen Stock höher soll auch schon sein Zimmer sein.

– angekommen bei seiner Tür –

Behutsam und leise mache ich sie auf. Oh, dieser Anblick. Es macht mich fertig, es sieht aus wie in diesen Filmen, wo er um sein Leben kämpft und seine Familie in schon fast hoffnungslos besuchen kommt, um ihm seine letzten Stunden in seinen Träumen schöner zu machen. Naja, genau genommen ist es bei uns nichts anderes, jedoch glaube ich noch fest an meinen starken Kämpfer! Wortlos setzten wir uns zu ihm. Jürgen auf einen Sessel und ich mich an seine Bettkante. Vertraut nehme ich seine Hand und bin mit meinen Gedanken voll und ganz bei ihm. Ein Funkeln von der Wand lenkt mich plötzlich ab. Was ist das schon wieder? Ich muss da hin. Auf der anderen Seite von Robin kann ich noch bei ihm sein und trotzdem die Wand fast berühren. Ich taste mich voran. Es ist ein immer größer werdender Fleck, der glitzert und wie wild schimmert. Der Rand sieht aus wie von einem Schleim umgeben in einem hellen Blau. Meine Hand ist dort. Es gibt nach. Ein heller

Ton pfeift mir um die Ohren. Wo bin ich? Mein Geist ist nun in einem fast leeren, geräumigen Raum, nur einige Pinsel, bunte Acrylfarben und eine Jugendliche sind vor mir. Das Mädchen hat kupfer-rote Haare mit einigen Sommersprossen im Gesicht. Ozeanblaue Äuglein starren auf die Wand währenddessen sie den Farbtopf schwingt. Es sieht aus, als ob sie eine Weltkarte in Regenbogenfarben malt, wobei bis jetzt noch lila fehlt. Es ist sehr elegant gezeichnet. Sie wirkt so gelassen und glücklich bei ihrem Handwerk. Ihre helle Haut fällt bei dem weißen Gewand, welches sie an sich trägt, gar nicht so auf, wobei es schon von hunderten Farbspritzern bedeckt ist. Sie erweckt einige Erinnerungen an meine Kindheit, wo ich auch noch viel kreativer war. Ich beglückte vieles mit den Dingen, die ich in meiner Fabelwelt entdeckte. Die Wände des Raumes scheinen sich aufzulösen. Von oben nach unten. Eine naturbelassene Landschaft entpuppt sich. Nur ein Teil, der mit ihrer Malerei, bleibt und sie rührt sich nicht von der Stelle. Nur ihre zarten Hände gleiten dort entlang. Ob sie mich sehen kann? Hören? Spüren? Fraglich. Vermutlich nicht. Wenn ich mich nicht täusche, ist mein Körper noch felsenfest im Krankenhaus, nur mein Inneres schweift umher. Umher in meinem Fantasie Universum. Schade, Robin kann es gar nicht sehen, also wahrscheinlich nicht. Allerdings könnte es sein, dass er in seinem Koma-Schlaf auch etwas erlebt, denn bei unserer Fähigkeit weiß man ja nie. Der Rotschopf richtet sich auf, um an die Spitze ihrer Karte zu kommen, sie schmückt mit eisigen Tönen das prachtvolle Grönland aus. Das kann kein Zufall sein. Ihrer Genauigkeit fasziniert mich. Tupfer für Tupfer kommt sie voran. In Abgestimmten Farbwechseln wird es immer fülliger. Ein Lächeln wie Zucker wird mir zugeworfen. Weiß sie doch, dass ich da bin? Hallo? Keine Antwort. Ein Igel krabbelt um ihre Beine. Es muss sich um einen afrikanischen Weißbauchigel handeln, da er ein dunkles Gesicht mit weißen Stacheln aufweist. Niedlich diese Viecher. Er schmiegt sich an ihr Bein und hat dabei einen äußerst zufriedenen Blick. Sie bückt sich zu ihm runter und streichelt ihm über den Kopf, natürlich mit Vorsicht, damit sie sich nicht an dem Kleinen

verletzt. Das hübsche Kind arbeitet jetzt wieder fleißig weiter an dem Kunstwerk. Es war bestimmt eine Menge Zeit dahinter, aber sie ist bald fertig. Ein paar letzte Verschnörkelungen fügt sie noch auf spirituelle Art und Weise hin zu. Der Baum, den ich von hier aus bemerke, ist schwarz mit blutroten Blättern. Nur ein einziges gelb-goldenes Blatt stoßt aus der Krone hervor. Es hat gewiss eine Bedeutung, welche ich wohl kaum herausfinden werde. Ich riskiere nicht schon wieder mein Leben. Was passiert hier? Boom! Puff!
Huch, das ging aber schnell. Ich bin schon wieder zurück im Krankenzimmer, normal verschwinden meine Erscheinungen wie in Zeitlupe, dieses Mal war es sehr ruckartig.
„Bella? Du bist so steif dagesessen. Was war los?"
„Ich hatte ein unreales Erlebnis. Ich bin einer süßen Malerin begegnet."
„Ah okay. Tja, davon versteh ich leider nicht viel. Fotos konntest du leider keine machen, oder?"
„Nein, wie denn ohne Handy und Kamera?"
„Haha, stimmt!"
Ich lehne mich gemütlich an meinem Schatz an, drücke fest seine Hand und schließe die Augen. Ich bin noch immer so fertig, ich könnte jetzt schon wieder einschlafen. Jürgen ist genauso gerade wieder weggetreten, denn auch er ist nicht völlig fit.

Unerwartet – 31

So, ich bin hoffentlich im richtigen Krankenhaus. Ich muss nur mehr Jürgen und Bella finden. Ob sie am Gang wo warten oder bei Robin sind? Ich muss mal nachfragen gehen. Steht an der Tür dort Robin Hessel? So schnell habe ich ihn gefunden? Na gut, dann kann ich auch gleicht dort nachsehen, ob meine anderen zwei bei ihm sind.
Da sind sie ja. Beide schlafen. Ich werde Bella versuchen zu wecken. Soll ich sie schrecken oder lieber nett sein?
Es rüttelt etwas an meiner Schulter. Ich kriege Angst. Wer bist du? -schreie ich hysterisch umher, bevor ich hochgucke.
„Schätzchen, beruhige dich!"
„Ach du meine Güte! Michael! *Freudensprung und eine feste Umarmung*"
„Ja, ich bin es. Ich habe mich beeilt."
„Ja, das kann ich sehen. Ich bin so erleichtert!"
„Ich auch, aber sehr schade, dass er noch nicht wach ist."
„Ja finde ich auch, was ist, wenn er nie mehr zu uns kommt? *Träne fließt über ihre Wange*"
„Mach dir keinen Kopf, er wird es schon schaffen!"
„Soll ich eine Ärztin aufsuchen, um sie zu fragen wie es gerade um ihn steht?"
„Hey Michael, ich bin jetzt auch wieder munter. Nein, ich glaube, es wird nichts bringen, sonst hätten sie heute Morgen schon was gesagt."
„Hallo Jürgen! Na gut, wie du meinst."
Nun sitzen wir zu dritt, also Jürgen, Michael und ich, in Robins Zimmer und warten vergebens. Die Minuten, Stunden, vergehen kaum. Die Zeit schein endlos zu sein. Es muss einfach alles gut werden. Er hat es nicht verdient! Keiner hat es verdient!
„Chef? Hast du eigentlich schon einen Rückflug gesucht?"
„Das war mein Vorhaben, jedoch wissen wir ganz und gar nicht, wann

das möglich sein wird, oder?"
„Oh, ah ja. Das habe ich nicht berücksichtigt, er muss einfach bald wieder fit sein!"
„Klar soll es so sein, aber niemand kann es beeinflussen."
„Ich weiß."
Meine Füße halten es für nötig, ein paar Schritte zu laufen. Die Männer passen schon auf meinen Schatz auf. Das Krankenhaus sieht leer aus, nur wenige Menschen sind hier. Bei uns ist das immer völlig anderes. Wohlmöglich sind die Menschen hier weniger krank oder passen besser auf, was weiß ich. Eventuell sind wir schlicht und einfach in einem verdammt kleinen Spital gelandet, aber das stört uns ja nicht. Ich schlendere einsam durch die Gänge. Der Warteraum ist von keiner Menschenseele besetzt. Nur die Empfangsdame sitzt an ihrem Platz. Sie hat grau-braunes Haar in einem Balayage, hellgrün bis blaue Augen, volle Lippen und eine neutrale Sicht in ihre Unterlagen. Ihr Oberteil ist rein weiß und schlicht. Sie wirkt ruhig. Am Ende des Ganges schrubbt die Reinigungsdame den Boden mit einem versunkenen Blick. Sie hat einen etwas festere Statur, kurzes, schwarzes Haar, braun gebrannte Haut und trägt ein helles Gewand. Spektakulär kann man das ja nicht nennen, aber gut, was erwarte ich mir auch schon von einem Krankenhaus? Genau, dass sie meinen Robin wieder auf die Beine bringen!

Das mystische Mädchen – 32

Mein Weg führt nun die Treppen hoch, es erwartet mich wieder ein kleiner Raum mit Stühlen. Dieses Mal sehe ich eine einzige Person. Sie scheint mir noch jung zu sein. Verkümmert sitzt sie auf einem der Sessel und weint. Das arme Ding, ich muss zu ihr. Hoffentlich spricht Sie Englisch oder vielleicht sogar Deutsch.

„Hallo? Hello?"
„Hallo, wer bist du? *schluchzt"
„Oh, du spricht ja meine Sprache. Ich bin Bella, und du bist?"
„Ich...ich heiße Amelie. Was willst du von mir?"
„Habe keine Angst vor mir, ich muss auf jemanden warten und bin eine Runde spazieren gegangen und da habe ich dich so traurig nicht allein lassen können."
„Okay."
„Von wo kommst du?"
„Deutschland."
„Schönes Land, ich komme quasi von nebenan, Österreich. Wie alt bist du?"
„Bald 16, du?"
„23. Kann ich dir irgendwie helfen?"
„Du würdest es nicht verstehen."
Sie hat bodenlanges, blondes Haar und ihre Augen sind auch zweifarbig wie meine. Ob sie etwa auch so wie wir in der Klemme steckt? Ich muss sie fragen, ob sie auch diese schrägen Erscheinungen hat.
„Es könnte sein, dass ich dich sehr gut verstehe, wenn ich dir so in die Augen schaue."
„Wie meinst du das?"
„Ich habe genau wie du ein Auge mit zwei Farben, ich habe mir früher dabei nichts gedacht, jedoch ist es bei mir die Erklärung für viele paranormale Dinge, die ich sehe. Hast du das auch?"

„Wirklich? Ja ich lebe voller Magie, genau wie mein Bruder, dieser ist hier und kämpft soeben um sein Leben."

„Ach du Schande, seid ihr zusammen geflogen und dann ist etwas passiert?"

„Wir wollten in die USA reisen, doch plötzlich musste unser Flieger einen Zwischenstopp machen und wir landeten hier in Grönland. Wir zwei gingen schließlich ein wenig an die frische Luft, da sie meinten, es würde mindestens zwei Stunden dauern. Auf dem mit Schnee bedecktem Boden erblickten wir dann einen Karton in mittlerer Größe. Mein Bruder, Tim, lief hin und wollte ihn aufmachen. Wir hatten dann im nächsten Moment eine Erscheinung und so schnell konnten wir gar nicht schauen, explodierte auch schon der Karton."

„Das ist schrecklich! Meine Geschichte ist ein wenig komplexer, aber mein Freund liegt hier auch im Koma wegen einer Explosion. Ich glaube, wir sind verflucht."

„Das tut mir leid, aber vielen Dank, dass du zu mir gekommen bist, Quatschen hilft immer."

„Gern geschehen. Willst du ein wenig herumschauen? Es wird dir guttun."

„Sicherlich!"

Amelie und ich kreisen nun im Spital umher. Ich denke, diese Unterhaltung tut uns beiden unheimlich gut, damit wir nicht immer traurig vor den Krankenzimmern hocken müssen. Sie ist echt freundlich, aber sie wirkt etwas seltsam, wobei mir das extrem sympathisch ist, da ich auch nicht normal bin. Ein alter Herr befindet sich vor dem Kaffee Automaten und lässt sich einen Espresso herunter. Seine sportlichen Beine befinden sich in einer bequemen, grauen Jogginghose und dazu eine passende Weste, ein gelbes Shirt schaut hervor. Er sieht gelassen aus, aber sehr müde. Der Kaffee wird ihm vielleicht helfen. Nanu? Wo ist Amelie hin? Oh, da vorne. Sie macht außergewöhnliche, nahezu mystische Schritte zur Seite. Ob das noch was mit den Augen zu tun hat? Oder hat sie mehr Fähigkeiten? Gruselig. Ich folge ihr gemütlich. Ihr

Gesicht ist errötet und ihre Augäpfel haben einen Orangen Teint bekommen. Besser, ich frage nicht nach. Sie wird mir schon nichts antun können. Jetzt kommt sie in ihren alten Zustand zurück.
„Alles okay?"
„Jap."
Na dann, wird schon nichts Schlimmes sein, haha. Wir taumeln locker dahin. Ein Doktor lässt sich in der Ferne blicken. Ein fescher, junger Kerl mit schwarzen, kurzen, Löckchen und einem schmeichelnden Lächeln im Gesicht. Schnell wie der Wind huscht er in einen Raum.
„Bella? Ich glaube, ich gehe wieder zurück."
„Sicher? Wenn du etwas brauchst, ich bin im Stock über dir."
„Vielen Dank, ich komme schon zurecht."
„Alles klar. War nett dich kennen gelernt zu haben, man sieht sich!"
„Gleichfalls, tschüss!"
„Tschau!"
So, dann wandere ich wieder allein weiter. Sollte ich wieder zu den Dreien gehen? Wäre wohl eine passende Idee. Nichts wie hin!
Ich öffne bedacht und sachte die Tür.
„Hey Leute, gibt es was Neues?"
„Eine Schwester war vorhin da, sie meinte, ein Arzt wird gleich kommen und sich Robin nochmal ansehen."
„Das sind gute Nachriten! Jürgen schläft schon wieder?"
„Ja, der Arme ist echt fertig. Wie geht's dir?"
„Eigentlich gut, danke. Ein Mädchen ist mir untergekommen und ich habe mich mit ihr ein wenig unterhalten, war angenehm."
„Das ist schön zu hören."
„Wie geht es dir, Michael?"
„Passt alles, danke."

Notfall-ein wiederkehrender Schock – 33

Zu viert sind wir in einem Raum, einer ist im Koma, einer schläft und Michael und ich verweilen auch leise. Das einzige Geräusch, welches zu hören ist, ist das Piepen der Maschine, welche Robin am Leben hält. Es ist ein dramatischer Aufenthalt hier im eisigen Land.

Ein Vogel zwitschert vor dem Fenster, ein zweiter gesellt sich dazu. Das ist aufheiternd in dieser Situation. Ach, ich hole mir auch einen Kaffee, er könnte mich noch mehr erheitern.

„Michael, willst du auch etwas vom Automaten?"

„Nein danke Liebes."

„Okay, bis gleich!"

Solls ein Espresso werden oder doch lieber ein Verlängerter? Ich glaube, ich brauche einen doppelten Espresso, das kann nie schaden, hihi. Ich begebe mich wieder zu den Männern. Unbeschwert lasse ich mich auf meinen Stuhl herab. Viel Koffein – klasse!

Pieeeeeeeep. Stille.

„Oh nein! Hilfe! Wir brauchen einen Doktor! Er stirbt!"

„Ich laufe hinaus!"

Der schwarzhaarige Doktor kommt hereingestürmt. Er schickt uns nach draußen. Es sieht grausam aus. Robin darf nicht sterben! Ich brauche ihn! Er ist noch so jung! Ich kann einfach nur heulen! Zum Glück nimmt mich mein Chef in den Arm.

– 10 Minuten später –

Oh Gott, was dauert da so lange?! Hilfe! Ich kann es nicht ertragen. Wieso muss alles immer schief laufen? Wir wollten doch nur nachhause! Diese Welt ist so unfair! Wo bleibt die Gerechtigkeit? Was soll der Schwachsinn? Er ist so ein Held, er hat es sowas von gar nicht verdient! Nicht er! Ich wünsch es niemanden, aber warum muss es immer den

Guten passieren? Ich drehe durch! Ich bin nervlich am Ende. Es ist das totale Chaos. Mein Stresslevel war schon lange nicht mehr so weit oben. Ich muss wohl das Limit erreicht haben. Ich falle fast um! Es ist besser, wenn ich mich setze. Ich werde müde.

– nach 45 wach verschlafenen Minute –

Oh nein! Wir sind halb eingeschlafen! Ist der Herr noch drinnen? Hallo? Antwortet mir jemand? Verdammt! So geht das nicht!
Da kommt er angerannt. So, jetzt muss Jürgen wieder reden. Hm, sein Blick ist positiv. Hoffe ich zumindest.
„Und? Was spricht er?"
„Sie haben alles unter Kontrolle, er hat wieder einen Herzschlag, aber er ist noch nicht munter."
„Mir fällt schon wieder ein großer Stein vom Herzen! Ich bin erleichtert!"
„Ja mir auch. Er wird es schaffen!"
„Ich kenne seinen Kämpfergeist, du hast recht!"
„Genau! Er meinte außerdem noch, dass er die nächste Stunde bei ihnen in Betreuung bleibt, wir sollen uns solange die Zeit vertreiben."
„Ah, okay. Na gut, wir könnten zu Amelie schauen, die habe ich heute kennengelernt, sie ist völlig einsam und wartet auf ihren Bruder."
„Klar gerne."
Weit ist sie nicht entfernt von uns bei diesem kleinen Spital. Da hinten müsste es schon sein, nur noch wenige Meter um die Ecke. Nanu? Sie ist nicht mehr da. Es kann gut oder schlecht sein, ich wünsche den beiden das Beste. Mit 16 Jahren jemand ebenso jungen zu verlieren muss hart sein.
„Sie ist weg, aber willst du trotzdem hier sitzen bleiben? Ich finde, es ist gemütlicher."
„Ja, hast recht, warten wir hier weiter."
„Wie lange wohl so eine Stunde dauern wird?"

„Wenn wir darauf warten, bestimmt verdammt lange."
„Was sollen wir stattdessen machen? Hast du eine Idee?"
„Mein Vorschlag wäre schlafen."
„Okay, so wie immer. Gute Nacht, ich werde vermutlich kein Auge zubekommen."
„Versuche es zumindest. Gute Nacht!"
Oh man, ich will nicht mehr. Aufgeben ist aber auch keine Lösung, in Gedanken muss ich stets einen Willen wie Robin haben, damit er es übersteht. Es ist so leise, es ist nach wie vor komisch, dass weit und breit keine bis wenige Menschen sind. Natürlich auch angenehm, sogleich aber auch ungut. Ich habe ein mulmiges Gefühl, das gefällt mir nicht. Wann kommen wir endlich alle gemeinsam sicher zurück? Zurück in die Heimat? Es ist ein nachdenkliches Karussell in meinem Kopf. Alles dreht sich und ergibt keinen Sinn. Ich würde mich auch gern ausruhen, aber mein Kopf könnte explodieren. Meine Jungs schlafen tief und fest. Seelenruhig. Herrlich für sie. Wenn ich mich hinlege, bekomme ich nur Albträume. So schade. Es macht mich wütend. Die gesamte Situation mach mich wütend. Und mürrisch. So ein Mist!

– eine Weile später –

Eine junge Schwester kommt direkt auf mich zu. Sie hat schönes, langes, blondes und gelocktes Haar zu einem Zopf zusammengebunden. Sie trägt einen rosa Lippenstift, welcher ihre grünen Augen umschmeichelt. Ich muss Jürgen rütteln, er muss mit ihr reden.
„Jürgen? Wach auf, ich brauche dich!"
„Alles okay?"
„Ja, aber bitte rede mit der Schwester."
Alles prima, sie quatschen. Die Blicke sind neutral. Nicht aufregend, aber auch nicht demütigend.
„Gibt es Neuigkeiten?"
„Wir dürfen wieder zu ihm rein, es sollte nichts mehr schief gehen, falls

doch, ist stets jemand in der Nähe."
„Jawoll! Wach ist er noch nicht, oder?"
„Nein, sonst hätte ich mich anders verhalten. Viel freudiger, glaub mir."
„Ja okay, das ergibt Sinn."
„Eben. Laufen wir wieder zurück?"
„Sicherlich, aber wir müssen Michael mitnehmen, ich denke, er hat uns noch nicht gehört."
„Ah ja, da hast du recht."
„Michael? Chef? Herr Flöur?"
„Um Gottes Willen Bella, nenn mich nicht Herr Flöur!"
„Ups. Entschuldigung! Wenn du sonst nicht auf mich hörst, bleibt mir nichts anderes über!"
„Ja schon klar, komm, gehen wir zu deinem Schatz!"
„Liebend gerne!"
Die Zeiten scheinen wieder besser zu werden, wenn es so weiter geht, wird er normalerweise bald aufwachen. Es muss so sein! Und nicht anderes! Robin ist mein Engel, mein Beschützer, mein Liebhaber und das schönste was mir je widerfahren ist. Diesen atemberaubenden Menschen darf ich nicht gehen lassen. Er darf nicht gehen. Er muss bei uns bleiben! Auf Ewig! Bitte! Bitte oh Herr!

Eine schicksalhafte Wendug – 34

Da ist seine Tür. Wie immer begeben wir uns sanft hinein, sagen kein Wort und warten voller Hoffnung. Dieses Mal setzte ich mich wieder an sein Bett und lege meinen Kopf zu ihm. Nah an seine Brust geschmiegt ruhe ich mich aus und bin in Gedanken bei seinem Leben. Vielleicht kann ich ihm ein wenig meiner Energie abgeben, wenn das denn möglich ist. Wie wir aber alle wissen, aufgrund unserer Begegnungen ist nichts unwahrscheinlich! Die zwei anderen sind in gleicher Position erneut eingeschlafen. Müdigkeit umkreist unseren Alltag im Moment sehr. Ich spüre Robins Herzschlag, es ist schön, dass der wenigstens wieder da ist. Meine Seele baumelt in meinem Gedächtnis bunt umher, so als ob ich eine innere Erscheinung hätte. Vor meinen Augen sehe ich Lichter, welche sich zu feinen, bunten Blättern formen. Die Farben des Regenbogens prägen das Gewächs. Der Hintergrund ist mit einem Streifenmuster ausgefüllt. Beige und Weiß. Schwarze Punkte. Es macht einen beruhigenden Eindruck auf mich, so schaffe ich es viel leichter einzuschlafen. Daweil döse ich nur dahin. Meine Wahrnehmung wird immer schwerer und schwärzer.

– nach einer halben Stunde träumen –

Oh nein, schon wieder wach. Hä? Was bewegt sich da? Eine Hand streicht über meinen Kopf. Ich blicke auf. Ein Wunder!
„Robin! Du lebst! Man bin ich froh!*Umarmung voller Tränen"
„Hey mein Schatz! Was ist passiert? Wo bin ich?"
„Du bist im Krankenhaus in Grönland, wir hatten einen Unfall, aber um das kümmern wir uns später."
„Ja okay. Wie geht es dir?"
„Na jetzt ausgezeichnet! Meine Schmerzen merke ich gar nicht so, ist halb so wild. Und dir?"

„Das freut mich zu hören. Mein Zustand ist glaube ich okay, ich bin noch ein wenig steif, aber das wird schon wieder."
„Das ist prima! Ich muss einen Arzt holen, da du endlich erwacht bist. Schlaf ja nicht wieder ein!"
„Nein, auf keinen Fall. *Grinsen*"
Hä? Warum ist Michael auf einmal da? Er war doch gar nicht dabei? Da muss ich wohl später Bella fragen.
Doktor? Ich brauche schnell einen Doktor? Hallo? Mein Freund ist wach!

– in der Zwischenzeit –

„Ach du meine Güte! Robin! Du bist wieder da!"
„Ja Chef, das bin ich."
„Wo ist Bella? Hat sie es gar nicht mitbekommen?"
„Doch doch, sie holt jemanden für mich."
„Ah, super!"
„Sag mal, seit wann bist du eigentlich hier?"
„Ach, noch nicht so lange, bin her geflogen mit einer Fluglinie, da ich abgesehen von Jürgen keinen Piloten habe."
„Das freut mich, dass du das so kurzfristig geschafft hast. Oder ist etwa viel Zeit seit dem Unfall vergangen?"
„Nein gar nicht."
„Sehr gut!"
„Hey Robin!"
„Hallo Jürgen!"
„Alles klar soweit?"
„Sicher! Bei dir auch?"
„Natürlich!"
Bin ich jetzt komplett allein im Spital oder was? Ah, da hinten! Wieder der Hübschling, hihi.
Nun huschen wir aufgeregt zurück ins Zimmer, ich hoffe es ist alles hal-

bigs okay bei Robin, denn dann können wir bald nachhause!
Ich werde gerade von einem Arzt mit meinem Bett wo anderes hingeschoben für ein paar Checks, ich bin gespannt was er so spricht, auch wenn sein Englisch nicht das Gelbe vom Ei ist.
„So Jungs, seid ihr auch so erleichtert wie ich?"
„Ja extrem!"
„Ja, mir fällt eine Last ab! Soll ich schon mal nach Flügen zurück suchen?"
„Ja kannst du, trotzdem wissen wir nicht, wann wir entlassen werden. Immerhin wollen wir kein gesundheitliches Risiko eingehen. Also, noch nicht buchen!"
„Geht klar Bella! Danke für den Rat."
„Immer wieder gern Chef!"
Diese Warterei halte ich echt nicht mehr aus! Ich will heim mit allen Drei! Vor allem Robin. Wie wir wohl nun unser Leben gemeinsames Leben aufbauen? Eine spannende und schöne Geschichte. Das habe ich auch schon öfter durch meine Gedanken kreisen lassen. Es macht mich freudig darüber nachzudenken, allerdings weiß bis jetzt niemand von uns, was mit Robin genau ist. Ich gehe davon aus, dass er gesund und munter ist, trotzdem wissen wir noch nichts sicher. Falls nicht, er hat mein Vertrauen, meine Sicherheit, dass ich alles in die Wege leiten werde, damit er nicht zu lange leiden muss. Als seine stolze Partnerin ist das ja meine Pflicht! Für ihn gebe ich immer hundert Prozent!

Erneuter Tiefschlag – 35

Der Herr meinte, ein anderer Arzt muss mich betreuen. Ich warte schon knappe 40 Minuten, es nervt. Es wird schon nichts kaputt sein, oder? Ach quatsch, ich fühle mich so gut wie neu geboren! Naja, okay. Schmerzen hier, Schmerzen da. Ich darf mich nur nicht unterkriegen lassen- stay positive!
„Also ich werde mich um die Flüge kümmern."
„Ja mach das Michael."
Auf dieser Internet Seite sieht es schonmal hervorragend aus. Ein Flug würde übermorgen zur frühen Morgenstunde los gehen, da müssten wir nur einmal umsteigen, und zwar in Dänemark, in Kopenhagen. Morgen wäre es auch schon möglich, allerdings mit zwei Zwischenstopps- Kopenhagen und Deutschland, in München. Hm, was wäre wohl besser? Klar, desto früher desto besser würde ich sonst sagen, allerdings muss ich Robin berücksichtige, für den Fall, dass er noch länger bleiben muss. Mein Kopf schlägt mir vor, für übermorgen anzurufen und zu fragen, ob wir in noch kostenfrei stornieren können, für den Fall, dass wir noch nicht wegkommen.

– nach einem langen Telefonat –

„So Ladies and Gentleman, ich habe die Heimreise mehr oder minder gebucht."
„Perfekt, aber wie genau meinst du das?"
„Ich habe soeben mit der Fluggesellschaft ein Gespräch geführt, es gäbe morgen und übermorgen Flüge, natürlich habe ich mich für Zweiteres entschieden aufgrund der Ungewissheit. Meiner Tasche wurde ein bisschen mehr Geld als üblich entlockt, damit wir ihn kostengünstig, ohne weitere Probleme stornieren können."
„So kenne ich unseren Chef! Das hast du solide und bedacht erledigt!"

„Aber klar doch! Was hättest du denn sonst erwartet, Liebes?"
„Ach Michael, du kennst du meine Scherze!"
„Sicher doch Bella."
Der Arzt lässt auf sich warten. Stimmt etwas nicht mit mir? Es macht mich stutzig. Na endlich! Ein Schatten nähert sich der Tür. Tja, jetzt geht's wohl um die Wurst! Wünscht mir viel Glück!
„Wo bleibt er denn so lange? Es ist schon eine Stunde her! Jürgen, ich bin am Verzweifeln."
„Ach Bella, Kind. Du bist so mutig genau wie dein Robin, glaubst du wirklich, er kann nicht kerngesund zurück nach Österreich?"
„Du hast ja Recht, auf alle Fälle. Mein Bauchgefühl ist seltsamerweise völlig anders gestimmt."
„Es wird schon schief gehen!"

– nach mehreren Untersuchungen –

Der Doktor schiebt mich samt Rollstuhl zurück ins Zimmer, meine Leute sind eingeschlafen. Ein Schock hat mich überkommen, nun muss ich es verkünden.
Hey? Leute? Seid ihr da? Och nö, die bekommen ja gar nichts mit- dann einmal lauter. ALLE MAN AUFWACHEN!
„Huch. Was ist los? Oh Robin! Im Rollstuhl? Bist du noch so schwach?"
„Bella, das Schicksal hat mich getroffen."
„Nein! Du machst Witze! Jetzt ist keine Zeit dafür, sag schon, was meinte der Spezialist? *Springt zu ihm auf den Schoß* Ich hoffe, ich tue dir nicht weg."
„Nein Süße, du kannst mir nicht wehtun."
„Oh, wie niedlich von dir!"
„Nein, nicht niedlich. Du hast keine Ahnung."
„Sprich nicht in Rätsel mit mir!"
„Ich kann mich an den Unfall kaum erinnern, aber der Arzt meinte, dass du berichtet hast, dass eine meiner letzten Worte waren, ich spüre

meine Beine nicht mehr."
„Ja, das stimmt. Aber du willst mir jetzt doch nicht sagen, dass..."
„Doch Bella, ich bin vom Steißbein weg gelähmt. Es kann sein, dass ich mit viel Training in einem halben Jahr wieder laufen kann, muss aber nicht sein."
„Oh mein Gott! Schatz! Das tut mir so unfassbar leid! Ich trainiere mit dir so lange und so oft ich kann! Wir schaffen das! Lass nur nicht den Kopf hängen!"
„Ich versuche es, es macht mich schon fertig, aber diese Hoffnung mit dem Training ist prima."
„Ganz genau! *Tränen in den Augen*"
„Ich habe aber auch gute Nachrichten, wir können, wenn wir wollen, nachhause! Sie haben ein Krankenhaus in Österreich verständigt, wegen dem Training, welches ich absolvieren muss oder sollte und noch weiteren Untersuchungen im Laufe der Zeit."
„Wahnsinn! Michael hat sogar schon einen Flug gebucht!"
„Nun, dann müssen wir ihn und Jürgen nur noch wecken!"
„Michael? Jürgen? Wir können zurück!"
„Was? Ich muss mal munter werden. Wiederhol es bitte nochmals."
„Wir können zurück!"
„Oh echt? Da ist ja Robin! Schön dich zu sehen. Rollstuhl?"
„Ich bin gelähmt, aber mit viel Glück kann ich in einem halben Jahr wieder laufen."
„Was?! Nicht dein Ernst! Du sprichst so locker, wie kannst du nur?"
„Naja, ich tue nur so als ob, ich will nicht mehr darüber reden, ich muss es so hinnehmen, wie es ist."
„Am, okay. Müssen wir jetzt nicht mehr hierbleiben?"
„Nein."
„Weißt du was, dann rufe ich gleich nochmal beim Flughafen an, dass wir einen Platz für einen Rollstuhl bekommen, ich könnte fragen, ob wir schon in den morgigen Flug hineinkommen, aber da müssen wir zweimal umsteigen, dass ist mit diesem Ding blöd. Lieber übermorgen

und dafür nur einmal umsiedeln, oder?"
„Ja Michael so machen wir das!"
Jürgen ist endlich auch wieder zu sich gekommen und hat das wichtigste mitgehört. Michael macht gerade alles aus und ich sitze auf Robin und umarme ihn fest. Ich bin so froh, dass er es fast heil überstanden hat, auch wenn diese Lähmung sein ganzes Leben verändert, er hat kaum ein Wort darüber verloren, er muss es erst selbst realisieren. Wir werden es schon so hinbekommen, dass dieser junge Mann wieder perfekt laufen kann! Andere haben es auch schon geschafft, also wieso er nicht auch? Zusammen meistern wir alles! Estell hat uns gelehrt, dass nichts und niemand uns aufhalten kann, alles nimmt ein gutes Ende. Es braucht nur Zeit und Geduld.
„Es ist alles geklärt, wir können übermorgen starten!"
„Passt! Wie spät ist es denn schon? Und wann geht der Flug?"
„Es ist bereits 17:00 und der Flug geht um 6:30 Uhr, also übermorgen."
„Was meinst du, wenn wir uns jetzt auf den Weg machen? Ich habe herausgefunden, dass in der Nähe gleich ein Einkaufszentrum ist, es hat noch bis 22:00 Uhr offen. Wir könnten etwas Essen gehen, vielleicht etwas einkaufen und danach am Flughafen schlafen."
„Das ist ein netter Plan, aber willst du nicht lieber in einem Hotel schlafen?"
„Wollen schon, aber ob wir etwas finden?"
„Bestimmt. Ich habe mich auch schon informiert. Ein Hotel ist gleich an das Center angebaut, egal was es kostet, ich habe meine Kreditkarte dabei."
„Du bist der Beste! *erfreute Umarmung an ihren Chef*"
„Nicht der Rede wert!"

Im Shoppingcenter – 36

Auf dem Weg zum großen Shoppen haben wir uns noch ein Eis gegönnt. Robin ein Erdbeereis, Jürgen Vanille, Michael Mango-Joghurt und ich natürlich Schokolade. Die Eisdiele war direkt beim Eingang des Centers. Ich schiebe Robin umher, so als ob es schon immer so war, ich lasse mir nichts anmerken, dass es mich für ihn sehr traurig macht. Er braucht jetzt noch mehr Mut als je zuvor.
„Willst du mit mir in dieses Schmuckgeschäft schauen, Jürgen?"
„Wow, Moment mal! Nicht mit mir?"
„Bella, normalerweise liebend gerne mit dir!"
„Hm, okay! *verdutzter, aber ahnender Blick*"
„Klar Robin, dann nehme ich dich mal mit. Bis später Leute!"
„Michael? Hast du eine Idee was der lässige Abgang sollte?"
„Ich denke, dass du bald eine ganz Glückliche bist!"
„Meinst du er kauft was für mich?"
„Wieso sollte er sich sonst so komisch verhalten?"
„Ja hast recht."
„Vielleicht macht er dir einen Antrag."
„Ach nein, so lange sind wir doch gar nicht zusammen."
„Das stimmt, aber so viel wie ihr erlebt habt und es gemeinsam geschafft habt, seit ihr das Traumpaar schlecht hin!"
„Wie süß! Danke, aber mach mir noch keine Hoffnungen!"
„Klar, muss ja nicht sein, aber wer weiß."
„Hm. Gehen wir solange in diese Parfümerie? Sieht sehr edel aus."
„Gerne!"
„So Robin, was genau hast du vor?"
„Ich weiß, du denkst wahrscheinlich, ich will einen Ring kaufen, aber irgendwie ist es noch etwas zu früh finde ich, auch wenn wir viel durchgemacht haben. Ich möchte ein Armband kaufen, welches sie immer an diese abenteuerliche Zeit erinnert, etwas Dezentes, ja nicht zu aufdring-

lich. Allein, dass ich es hier kaufe, ist doch für so etwas richtig, oder?"
„Das ist eine bezaubernde Idee, so wie ich unsere Bella kenne, wir sie das unglaublich freuen. Wann willst du ihr es geben?"
„Dann, wenn wir vom Flughafen aussteigen in Österreich."
„Na dann, rann an die Suche!"
Chanel und Gucci sind vermehrt in diesem Shop, diese Parfums riechen meistens so gut, sind für mich leistbar und einfach edel. Kosmetikprodukte sind auch zur Genüge da. In diesem Augenblick probiere ich ein paar Lippenstifte in verschiedensten rot Tönen. Michael sieht sich bei den After Shaves um.
Ich finde, ich habe den perfekten Schmuck für sie gefunden. Es ist ein Kettchen in Roségold mit schimmernden, kleinen Diamanten rundherum. Ein Anhänger in Form eines Herzens, wo ich etwas eingravieren lassen kann, macht es perfekt. Ich habe schon mit einer der Goldschmiedinnen gesprochen, es dauert nur eine halbe Stunde da nicht viel los ist.
Für meine liebste Prinzessin in Gedenken an unser Abenteuer
Das wird der Text für Bella. Das erste, was wir in dem leitenden Buch gelesen haben, begann auch mit „in Gedenken". Ich hoffe, es wird ihr gefallen. Jürgen meint, ich habe ihren Geschmack genau getroffen. Wir werden mal zu Michael und Bella in das Geschäft nebenan schauen, danach holen wir das Armband ab.
„Hey, schon fertig?"
„Ja, ich bin schnell fündig geworden, aber wir können es erst in einer halben Stunde abholen."
„Aha."
„Fragst du gar nicht für wen ich es brauche?"
„Keineswegs, Robin. Du wirst es mir schon zum rechten Zeitpunkt sagen."
„Ja genau!"

– nach einer halben Stunde wieder im Schmuckgeschäft –

Wahnsinn! Es ist atemberaubend! Es ist wirklich einzigartig und elegant, sie wird es lieben!
„Bist du zu zufrieden Robin?"
„Mehr als das! Sollen wir uns wieder auf den Weg zurück machen?"
„Ja das halte ich für angemessen."
„Meinst du, sie ahnt schon was?"
„Joa, ein bisschen."
„Und? Ist es nach deinem Sinne?"
„Allerdings."
„Na dann. Also Michael, wann sollten wir deiner Meinung nach zum Hotel gehen?"
„Wir haben noch Zeit, gehen wir etwas trinken?"
„Gerne!"
Es ist wirklich noch genug Zeit übriggeblieben, es ist nun 20:00 Uhr, dann haben wir morgen noch den ganzen Tag und dann geht erst der Flug in der Früh, ich habe es fast vergessen, dass wir erst übermorgen starten können.
Wir befinden uns nun in einem netten Lokal und genießen einen Cocktail, es ist echt angenehm und die Laune von Robin ist trotz der Umstände grandios!

– eine Weile später –

Es ist schon spät geworden, wir sind bereits im Hotel gelandet und können nun friedlich schlafen, nicht einmal ein Wecker wird uns stören, da wir keinen Stress haben und nicht so bald auf müssen.
Ich liebe es mit Robin noch ein letztes Mal in der schrecklisten Zeit zu kuscheln, bevor wir schlafen gehen und zurück reisen.

Das Abenteuer neigt sich dem Ende zu – 37

Guten Morgen Grönland! Wie spät ist es denn schon? Was? Es ist schon 12:37 Uhr? Wir haben maßlos gut und erholsam geschlafen, ich fühle mich seit langen wieder fit. Diesen Tag können wir noch genießen, dann ist es vorbei und unser Alltag wird sich wieder einpendeln, jedoch nicht mehr als Single, sondern glücklich und zufrieden vergeben und mit vielen Interviews in der ersten Etappe.
„Hast du gut geschlafen, Schatz?"
„Ja Süße, perfekt! Nur dass ich mich nicht viel drehen konnte. Du?"
„Oh schade, das werden wir schon noch ändern! Ja ich bin auch sehr ausgeglichen aufgewacht."
„Schön zu hören."
„Holen wir Jürgen und Michael für das Mittagessen?"
„Hä? Meinst du vielleicht das Frühstück?"
„Sieh mal auf die Uhr."
„Oh, na gut. Es wird eher ein Mittagessen, haha!"
Noch im Pyjama wecke ich die beiden. Hoffentlich schaffen sie es schnellst möglich sich auf die Beine zu stellen!
„Aufstehen Männer! Wir wollen Essen gehen!"
„Ja ja, ich bin schon wach!"
„Passt, dann in einer viertel Stunde unten!"
Bella ist übermotiviert, ich muss erst mal aus den Federn kommen. Oh, so spät ist es schon? Okay, jetzt ist es verständlich.

– beim Essen –

Ich habe mir eine köstliche Lasagne bestellt, die anderen essen Fischspezialitäten, welche nicht nach meinem Geschmack sind, allerdings

sind sie begeistert. Ich hasse Fisch.
Michael hat uns alle eingeladen, das ist immer eine nette Geste. Wir ziehen uns noch ein wenig zurück ins Zimmer, danach schmökern wir noch ein wenig durch die Geschäfte.

– im Zimmer –

„Geht's dir nun also wieder besser?"
„Ja natürlich, jetzt läuft hoffentlich auch alles nach Plan."
„Das hoffen wir doch alle."
„Auf jeden Fall, ja. Wie geht es dir, Robin?"
„Ich lass mich nicht unterkriegen, auch wenn es verdammt blöd ist."
„Prima, das darfst du eh nicht! Wir überwinden diese Hürde mit links!"
„Du bist so unglaublich süß!"
„Ach nein, ich bin optimistisch!"
„Ja das auch!"

– um 16:00 Uhr –

Ein aller letztes Mal gehen wir hier einkaufen, danach geht es endlich los. Ich kann es kaum erwarten! Wir haben uns nun aufgeteilt, Robin und ich spazieren in einen H&M und Jürgen geht mit Michael in einen Dressmann. Ob ich heute noch was Schönes finde? Grundsätzlich bin ich nicht in der Stimmung dazu, da ich nur mehr an das eine denke- zurück in die Heimat! Meine Gedanken sind so wirr, dass ich mich gar nicht konzentrieren kann, was mir gefällt und was nicht.

– um 21:30 Uhr –

Oh, bald schließt hier alles und wir haben noch nicht einmal gegessen. Wir müssen uns noch schnell eine Jause für den Weg zum Flughafen kaufen, sonst sterbe ich vor Hunger! Mittlerweile sind wir eh wieder

zu viert und die sehen das auch so, denn Essen gehen zahlt sich nicht mehr aus und im Hotel schlafen wir heute nicht mehr, die restliche Zeit verbringen wir nur mit Warten und einem nicht so gemütlichen Schlaf auf dem Boden oder auf Sesseln.
Ich gönne mir zwei Wurstsemmeln mit Käse und Pfeffer oben drauf und eine kleine Nachspeise- Kinderschokolade. Einfach, aber lecker.
„Und wie siehts aus, wann laufen wir zum Flughafen los?"
„Naja jetzt, oder? Wir werden bald rausgeworfen, sie haben nur mehr fünf Minuten offen."
„Oh, ah ja. Da hast du recht Bella."
„Ich weiß, Michael."
Ich bin froh, dass er nicht weit weg ist, ansonsten wäre das ein langer Fußmarsch geworden. Es ist so kalt! Ich könnte auf der Stelle erfrieren. So kurz ist die Entfernung wohl doch nicht, wobei ich eventuell übertreibe, da ich Robin vor mir schieben muss und es so anstrengend ist.
„Alles okay bei dir, Schatz?"
„Ja, alles bestens. Bei dir Süße?"
„Klar doch!"
„Bin ich eh nicht zu schwer?"
„Ich schaff das schon!"

Am Flughafen – 38

Wir sind da. Zum Glück! Wir haben uns vorerst einfach niedergelassen und speisen in Ruhe. Einchecken können wir sowieso noch nicht. Es ist so gut wie niemand da. Eine Frau, welche in einem Pyjama am Boden sitzt und aussieht, als ob sie gleich einschläft, wird von mir beobachtet, da ich ja bekanntlich nichts Besseres zu tun habe um diese Uhrzeit. Robin genießt seinen Mohnkuchen und trinkt dazu einen Kakao. Die anderen zwei Männer essen eine Semmel mit Speck, schlürfen ein Bierchen und ihre Nachspeise ist ein Schoko Donat. Meine Jause ist schon fast weg, ich habe nur mehr die Schokolade.
-alle eingeschlafen, zwei Stunden danach-
Mir tut alles weh, mein Nacken ist komplett verspannt. Wie spät ist es? Haben wir eh nicht unseren Flug verpasst? Okay, erst 1:00 Uhr in der Früh. Können wir nun schon einchecken? Einen Versuch wäre es wert. Der Rest von uns schläft noch, ich werde mich mal umsehen. Wo ist dieser blöde Bildschirm mit den Flügen drauf? Ich will schließlich nicht ewig suchen! Gut, da vorne ist er. Hm, wo steht unser Flug? Ah, hier. Das heißt- wir können! Jetzt muss ich schleunigst zurück zu meinen Freunden und es ihnen mitteilen, auch wenn wir noch keinen Stress haben, aber bei den Gates zu warten ist etwas gemütlicher. Oder nicht? Nach wie vor schlafen sie tief und fest, zuerst werde ich mich Robin widmen.
„Schatz? Bist du schon wach? Wach auf!"
„Hm? Oh, Bella Liebes! Ja, jetzt bin ich wach. Wie spät ist es?"
„1:25 Uhr."
„Achso okay. Können wir schon zum Check-in?"
„Jap."
„Spitze!"
„Allerdings müssen wir zuerst die zwei weiteren Schlafmützen wecken."
„Nichts da, Schlafmütze! Ich habe euch gut und deutlich verstanden."

„Ups! Das tut mir leid, Jürgen."
„Ja Bella, mich habt ihr auch geweckt."
„Na dann können wir ja eh starten, oder?"
„Von mir aus gern."
Wie die Musketiere marschieren wir voran. Fix und fertig, komplett ausgelaugt und müde sind unsre Gesichter. Ein Mädchen vor mir wirkt ebenso energielos wie wir. Sie trägt eine schwarze Jogginghose, ein hellblaues Sweatshirt und graue Nike Turnschuhe dazu. Ihre Haare haben eine feurige Farbe, welche sie zu einem Zopf gebunden hat. Vermutlich kann sie es auch noch kaum erwarten endlich wegzufliegen, wobei es sein könnte, dass sie gar keine Lust dazu hat. Je nach dem, was der Gesichtsausdruck uns mitteilt, entweder genervt oder zu wenig Schlaf.
Angekommen beim Check-in sind nicht viele Menschen zu sehen, das heißt, wir werden sehr schnell durch sein. Normalerweise ist das gut, jedoch haben wir noch so viel Zeit, dass uns langweilig werden könnte. Die Geschäfte haben auch noch nicht offen.

– fertig nach dem letzten Stopp –

Wir schreiten gemütlich immer näher zu den Gates heran, jeder Schritt wird immer schwerer. Langsam geht mir die Kraft wieder aus, die ich mir seit Kanada gesammelt habe. Bald haben wir es geschafft und können wieder eine bequeme Position einnehmen. Es ist halb 3 Uhr morgens, es sind nach wie vor weitere vier Stunden zu warten. Ich mag nicht mehr! Kann das nicht ein bisschen schneller gehen? Ich stelle mir einen Wecker auf 6 Uhr damit ich rechtzeitig wieder munter bin und ich jetzt noch meinen Augen ausruhen kann.
Bella ist wieder eingeschlafen, sie hat sich auf meinem Schoß niedergelassen. Meine Augen fliegen daweil noch nicht wieder zu. Stattdessen tut sich vor mir etwas auf. Die Stühle beginnen zu schweben, der Boden verwandelt sich in ein Meer aus einem Regenbogen. Ein Klavier spielt

leise Musik. Die Lichter flackern. Ein Rauschen ertönt in meinen Ohren. Die Personen um mich werden unsichtbar, dafür sehe ich Schlangen umherkriechen. Muss ich Angst haben? Oder ist es eine harmlose Erscheinung? Gute Frage. Bis heute kenne ich den Unterschied nicht. Ich spüre ein Kribbeln in meinen Beinen. Kann ich etwa wieder laufen? Vergebens, nein. Ob das Gefühl wieder aufhört? Ein Nebel taucht vor mir auf und wird immer dichter. Es hört gar nicht mehr auf. Er verfärbt sich hellgrün und rosa. Oh, jetzt verblasst es allmählich. Meine Freunde werden wieder sichtbar. Die Farben und die Musik verschwinden. So schnell kann es gehen. Das Gefühl abwärts meines Rumpfes hat sich wieder gelegt.

Endspurt – 39

– Wecker klingelt um 6:00 Uhr –

Na endlich! Bald ist es soweit! Der Flug wird noch lange dauern und umsteigen müssen wir auch einmal, aber das ist ja kein Problem, Hauptsache wir kommen sicher und geborgen nach Österreich. Ich kuschle mich fest an Robin, küsse ihn an die Wange und hoffe, dass er wach wird. Da ist auch schon sein Grinsen. Süß! Ich hab ihn so unfassbar gern, er ist einfach meins. Nur meins! Seine Nähe tut mir so gut, ich liebe seinen Geruch, seine Art, sein Handeln- einfach alles! Und natürlich sieht er auch noch mächtig super aus!

– im Flieger angekommen –

Noch nie war ich so glücklich im Flieger zurück in die Heimat zu sitzen. Robin sitzt zu meiner Rechten, zu meiner Linken ist Jürgen und neben ihm Michael. In der Reihe neben uns sitzen Zwillinge. Die eine Dame hat blondes Haar, die andere Braunes, aber das Gesicht, die Statur und auch ihr Outfit sind identisch. Sie tragen einen schwarzen, engen Jeansrock, ein rotes T-Shirt von Guess und dazu passende, lässige braune Lederstiefel. Sie haben eine Zahnspange und eine rund geformte Brille. Das Flugzeug startet- wie immer mein Lieblings Gefühl! Bis Dänemark werde ich wieder schlafen gehen, danach kann ich vor Aufregung eh nicht mehr ruhig sitzen, hihi! Wie ein kleines Kind freue ich mich auf das Ende einer langen Reise.

– angekommen in Dänemark –

Der Flug war unerwartet wenig spektakulär, keine Erscheinung und kein einziges Gespräch. Die Wartezeit hier beträgt eine gute Stunde, da haben wir eh Stress, dass wir mit unseren sieben Sachen zusammenkommen. Rennen kann ich auch nicht, da ich Robin im Rollstuhl schieben muss. Mittlerweile kommt er mir immer schwerer vor als zu beginn. Natürlich könnte ich meine starken Männer fragen, ob sie mal übernehmen, aber das will ich auch nicht. Da fühle ich mich irgendwie komisch und asozial, auch wenn ich es gar nicht so meine. Ich möchte mich lieber selbst um meinen Freund kümmern, das bekomme ich schon gut hin.

– erneut in der Maschine –

Ab jetzt können wir wirklich vom Endspurt unseres Abenteuers reden, da wir beim nächsten Ausstieg bereits in Wien sind. Dort holt uns dann ein nettes Taxi ab und wir sind in null Komma nichts daheim! Habe ich schon erwähnt wie glücklich und erleichtert ich bin? Ich denke schon viel zu oft, oder? Mein Lächeln wird immer größer, ich bin schon ganz quirlig vor Freude, ich bekomme tatsächlich kein Auge mehr zu! Ich sitze beim Fenster und kann den tollen Ausblick genießen, leider sehe ich keine Wolken, aber dafür jede Menge grüne und braune Fläche. Ich habe meine Kopfhörer in den Ohren und höre einen meiner Lieblingssongs- „Hero of War" von Rise Against. Ich weiß, ich erzählte einmal, wie sehr ich Bruno Mars leibe, trotzdem höre ich auch gerne Rock und Metal, wobei dieses Lied eh ein sehr Ruhiges dieser Musikgenre ist.

-kurz vor der Landung-

„Oh Robin! Schau mal! Wir sind gleich da!"
„Ja ich weiß, klasse, oder?"
„Ja total! Endlich ist alles gut gegangen! Ich kann es kaum glauben!"
„Ich auch nicht, aber wir sind erst in Wien, wer weiß was noch kommt, haha!"
„Ach Quatsch! So ein Blödsinn! So viel Pech kann man gar

nicht haben!"
„Naja, wir schon!"
„Haha, ja eigentlich hast du vollkommen recht!"
„Ich meine sieh mich an!"
„Oh Schatz, ja ich weiß. Du hast es am härtesten erwischt. Glaub mir, wir schaffen das!"
„Ich hoffe."
Der Flieger hat zur Landung angesetzt. Unser Fluch hat ab sofort ein Ende! Nie wieder will ich das durchmachen, selbst wenn es eine Interessante Erfahrung war. Ohne Robin wäre das nie passiert, aber ohne dieses Ereignis wären wir uns nie so nahe gekommen. Die Liebe zwischen uns ist so stark, das hätte ich mir anfangs nie gedacht.
Jawoll! Der Vogel ist sicher gelandet. Und wir haben hier ein prachtvolles Wetter! Ich könnte platzen vor Glück und Freude! Wehe, das Taxi ist nicht gleich da! Klar, wir müssen erst unser Gepäck holen, auch wenn davon nicht mehr viel übrig ist, aber das kann man nachkaufen. Wichtig ist- wir sind alle lebendig wieder in Österreich.
„Und Leute, wie ist euer Gemüt?"
„Ich fühle mich erlöst von unserem Trip nach Estell!"
„Das Glück euch wieder da zu haben und die Hoffnung auf tolle Berichte von euch ist riesengroß!"
„Als Pilot fühle ich mich sehr unwohl nach diesem einschneidenden Ereignis, dennoch bin ich jetzt heil froh!"
„Ja, das verstehe ich voll und ganz. Ich kann es kaum erwarten mich in mein Bett zu legen und einfach zu entspannen!"
Wir haben alles mitgenommen und stehen und draußen. Da kommt auch schon unser Taxi. Mir geht es ausgezeichnet, ich kann mich nicht oft genug wiederholen! Ein frohes tschau an die dramatische Zeit!
„Bella? Ich habe etwas für dich."
„Ja Schatz, was denn? *fröhliches Grinsen*"
„Ich habe dir das hier gekauft. Mach es auf!"
„*Aufmachen* Oh wie süß ist das! In so einer schönen Farbe, ich liebe

dieses Herzchen jetzt schon! Und dir Gravur! Wie romantisch! Ich werde sie immer tragen, danke mein Liebster!"

„Freut mich, dass sie dir gefällt. Ich dachte, ich möchte dir endlich ein Geschenk machen, welches dich immer an das Ereignis erinnern wird."

„Vielen Dank! Ich liebe dich!"

„Ich liebe dich auch Bella!"

Ich habe es doch gewusst, dass er mir etwas kauft! Der Antrag wäre tatsächlich zu früh gewesen, da hat er wohl das gleiche wie ich gedacht. Dieser Schmuck wird auf Ewigkeiten bei mir sein und mich immer zurück blicken lassen auf Estell.

Nach drei vergangenen Jahren – 40

Hallo zusammen, da bin ich wieder. Es ist einige Zeit vergangen. Nach unserem Abenteuer sind wir ausnahmsweise sicher von Grönland nachhause gekommen. Die Presse war, wie zu erwarten, verrückt nach uns. Gleich am Flughafen wurden wir erwartet von ihnen, es also echt eine Runde gemacht. Wir sind auch heute noch ein sehr bekanntes Gesprächsthema. Unsere Artikel waren der Hit! Wir haben unzählige von ihnen auf den Markt gebracht, es sind viele, kleine Geschichten entstanden. Für eine Schlagzeile wäre das viel zu lange gewesen, da könnte man schon fast ein Buch verfassen, haha! Unsere Leser wissen aber nach wie vor nicht, dass es an unseren Augen liegt. Nur die Wenigen, die selbst solche Dinge erleben, haben eine Ahnung. Es soll für die meisten von der Erde unbedingt immer ein Rätsel und Geheimnis bleiben, damit unser Ruf als starke Abenteurer nicht geschädigt wird. Es wird nicht gelogen, jedoch auch nichts verraten. Wir sind stolz, wie wir das alles gemeistert haben. Der größte Stolz geht allerdings alleinig an meinen Mann, welcher seit zwei Jahren wieder laufen kann! Es ist so schön, dass er nun keine bleibenden Schäden mehr hat. Der Weg war hart, aber machbar. Und ja, wir haben geheiratet. Auf Hawaii! Es war eine Traumhochzeit! Bei unsrem Ja-Wort haben wir beide die gleiche Erscheinung gehabt. Der Priester ist verschwunden, über uns war ein prächtiger Regenbogen und viele weiße Tauben kamen zu uns geflogen und zwitscherten eine schöne Melodie, das war mit Abstand der romantischste Kuss meines Lebens! Wir haben uns ganz alleine vermahlen und haben dort natürlich auch unsere Flitterwochen verbracht. Wir arbeiten zurzeit normal wie immer, aber seit ein paar Monaten nur von zuhause aus und ohne jegliche Reiseziele, da ich vor vier Wochen erst im Krankenhaus war und ich unsere Tochter Mia gesund zur Welt gebracht habe. Mia Hessel. Sie ist entzückend! Wir sind eine glückliche Familie, es könnte uns nicht besser gehen. Mia hat ein grünes bis blaues

Auge und ein Braunes, aber nicht zu hälfte gefärbt, sondern ganz. Wir wissen nicht, ob sie die Gabe nun auch von uns vererbt hat, oder nicht. Es ist oft schön, in einer paranormalen Welt sein zu können, aber auch sehr gefährlich, so wie wir es beim eigenen Leib erlebt haben. Es wäre besser für sie, wenn sie es nicht kann. Sie bleibt trotzdem ein außergewöhnliches Mädchen für uns. Unser Mädchen!

Bei der Geburt, spielte meine Fantasie ebenso verrückt. Ich war komplett weggetreten und war in einer anderen Galaxie mit seltsamen Kreaturen. Es ähnelte der Serie „Rick and Morty". Es war alles in Zeichentrick und kunterbunt. Aliens in rosa-grünen Farben starrten mich an. Ein paar verzogene Häuser in Gelb und Orange waren auch an diesem Ort. Es ging sehr schnell, dann bin ich wieder zu mir gekommen. Da war sie auch schon da, die kleine Mia. Ich habe sie in meinen Armen gehalten und ihr Anblick verzauberte mich und Robin. Ich habe keine Schmerzen verspürt, da ich geistig nicht anwesend war, das war ein großer Vorteil.

Ob wir jemals wieder so ein schicksalhaftes Abenteuer erleben werden? Das ist eine gute Frage. Ich hoffe nicht, denn wir sind durch Höllen gegangen. Reisen mit positiven Erinnerungen ohne einen Schaden, wäre mir viel lieber. Diese werden wir bestimmt noch öfter erleben. Bis jetzt waren wir einen Monat in Hawaii, als Robin wieder laufen konnte, danach war ich schon bald hoch schwanger. Die Zeit der Reisen wird schon wiederkommen, jetzt wo alles passt. Wenn Mia groß ist, wird auch sie bestimmt daran Teil haben können, jedoch mit großer Vorsicht.

Vielleicht bis zum nächsten Mal,

alles Gute auf dieser Erde!

Zweifarbig – Eine mystische Reise

von Lara Lotz 2020